다정한 유전

다정한 유전

강화길 소설

arte

차례

해인 마을은 이제 지도에서 찾을 수 없다. 20년 전만 해도 상상할 수 없는 일이었다. 적어도 마을 사람들에게는 그랬다. 살던 곳이 사라지다니, 그게 가능한 일인가? 그들에게 마을은 일종의 유전遺傳이었다. 선조들로부터 물려받은 집과 밭, 산과 나무, 그러니까 터전이라 부르던 곳. 아들이 아들에게 물려주고, 딸이 딸에게 전해 받은 것.

풍요로웠다는 이야기를 하려는 것이 아니다. 사실 해인 마을은 가난하기로 유명했다. 아니, 정정하자. 이 표현은 틀렸다. 마을은 전혀 유명하지 않았다. 산자락 끄트머리 즈음에 감춰져 있다시피 한 작은 마을이 가난하든 말든, 누가 그걸 어떻게 알았겠는가.

그리고 무슨 상관이란 말인가. 인구는 백 명이 채 되지 않았고, 그들 중 일부는 서로 친척이었다. 조상들 대부분은 소작농이었다. 재산을 가진 사람은 없었다. 남의 땅을 부쳐 먹으며 사는 일. 그 '직업'이야말로 유전이었다. 한 세대? 두 세대? 아니, 그보다 더 아주 오랫동안, 그들의 일터는 다른 이들의 소유지였다. 그래서인지 마을에 처음 온 타지인들, 특히 도시 사람들은 깜짝 놀라곤 했다. 그들이 빈곤해서? 사는 게 사는 것 같지 않아서? 아니, 그 반대였다. 해인 마을 사람들은 도시 사람들보다 외향적이고 눈치가 빨랐다. 세상 물정에 밝았다. 그래야만 했기 때문이다. 없는 살림을 꾸려나가려면 언제 어디서든 적극적으로 굴어야 했다. 자신의 몫에 책임을 져야 했다. 세상에 공짜는 없었다. 때문에 쉬지 않고 품앗이를 계속했다. 부지런하고 억척스러운 사람들. 무슨 일이든 믿고 맡길 수 있는 사람들.

그 헌신과 인내.

덕분이었을까. 세월이 지나면서 형편이 조금씩 나아졌다. 돈을 모아 땅과 집을 사는 사람들이 생겼고, 읍내의 번듯한 직장에 다니는 사람들도 생겼다. 욕심이 있는 부모들은 아이들을 중학교 때부터 도시로 보내 공부를 시켰다. 농사만이 능사가 아니라는 걸 알았기 때문이다. 세상에는 다양한 직업이 있었다. 모두 똑같이 살 필요가 없었다.

허망하고 그릇된 꿈만 꾸지 않는다면.

놀라운 사실이 하나 있다. 그 긴 시간 동안, 헛된 길을 걸어간 아이는 한 명도 없었다. 술, 담배, 학업 중단, 가출. 그러니까 엇나간 아이들을 떠올릴 때 생각하는 모든 것. 해인 마을 아이들에게 그런 일은 일어나지 않았다. 아이들은 부모가 고생한다는 것을 알았고, 자신들이 해야 할 몫이 있다는 것도 알았다. 그들은 적당히 성실하게 십대를 보냈고, 어느 시기가 오면 부모로부터 독립했다. 그렇게 그들 중 일부는, 아니 대부분은 부모에게 빚을 갚았다. 태어나면

서부터 지고 있던 삶의 빚을 말이다. 어떻게? 공무원
이나 교사가 되는 것으로, 읍내 은행과 보건소 직원
이 되는 것으로, 일찍 결혼하는 것으로, 작은 슈퍼마
켓의 주인이 되는 것으로, 집안의 입을 덜고 스스로
자기 몫의 삶을 살아가는 것으로 갚았다. 한 세대?
두 세대? 거듭해서 계속, 계속.

　해인 마을에 처음 들어온 이들이라면 그 풍경을
보고 감격했을 것이다. 그래, 이런 것이야말로 물려
받아 마땅하다. 이것이 바로, 진짜 유전이다.

　그러나 그해. 단 한 명이 마을을 떠났다.
　지금부터 그 이야기를 할 것이다.

*

　그전에 해둘 또 다른 이야기 하나.
　그해 3월, 나는 교통사고를 당했다.

유작

1년 전, 김지우의 미발표 작품으로 추정되는 단편 소설이 발견되었다. 제목은 '옹주'. 그녀가 실종된 지 3년 만의 일이다. 김지우의 오래된 노트북에 저장되어 있던 것을, 그녀의 이모가 발견했다. 추정이라고 말한 이유는 미심쩍은 점들이 있었기 때문이다. 우선 김지우의 시그니처라고 말할 수 있는 장면들이 거의 없었다. 고택, 유령, 혼잣말하는 여자들, 서로를 미워하면서도 사랑하는 여자들. 김지우는 자기 복제라는 비판을 들으면서도 언제나 이런 이야기를 썼다. 「옹주」에는 그런 요소들이 없었다. 또한 이 파일은 소설 폴더가 아니라 바탕화면에 덩그러니 깔려 있었다. 그럼에도 불구하고 '우리'는 「옹주」가 김지우의 소설이라고 판단했다.

우리.

그러니까 김지우와 함께 학교에 다녔고 소설을 썼으며, 그녀가 실종된 이후에도 여전히 소설을 읽고 쓰며 살아가는 사람들.

우리는 「옹주」를 여러 번 읽었다. 문체는 김지우의 것과 비슷했고, 아니 거의 확실히 맞았고, 주제 의식도 동일했다. 고택과 미친 여자들이 나오지 않는다고 해서 다른 사람의 이야기가 되는 것은 아니다. 오히려 「옹주」에는 김지우가 끊임없이 구현하려 애쓴 것, 그러니까 비밀과 진실에 대한 관심이 매우 역력히 드러나 있었다. 어떤 의미에서 「옹주」는 가장 김지우다운 작품이었다. 그녀의 이모는 전문가인 우리의 뜻에 따르겠다고 말했다. 숙고 끝에 우리는 「옹주」가 김지우의 마지막 작품이 맞다고 결정했다. 그해 겨울, 「옹주」는 김지우의 유작으로 발표되었다.

그런데 기억하는가. 실종 직전, 김지우는 깊은 슬

럼프에 빠져 있었다. 무엇을 봐도 재미가 없고, 어떤 것도 쓰고 싶지 않다는 말을 자주 했다. 우리는 그녀에게 괜찮아질 거라고 위로했지만 내심 생각했다. 그녀가 더는 글을 쓰지 못할 것 같다고. 그러고 나서 그녀의 마지막 작품 「황녀」가 발표되었을 때, 우리는 이 생각을 거리낌 없이 말하고 다니기 시작했다.

「황녀」는 최악의 작품이었다.

미리 말해두고 싶은 것이 있다. 우리는 함께 공부했고, 함께 읽고 쓰고 있지만 서로를 돌보지는 않는다. 그건 우리가 하는 일이 아니다.

돌이켜보자. 김지우는 친구와의 우정과 사랑을 다룬 작품으로 데뷔했다. 매번 같은 이야기를 썼다. 그러나 「황녀」는 정도가 심했다. 어떤 깊이나 디테일이라고 할 만한 것이 전혀 없었다. 문장은 엉망진창이었고 장면은 뚝뚝 끊어졌다. 특이한 점이라고는 '조선 이씨 왕조의 숨겨진 황녀 이야기'를 썼다는 것뿐이었다. 그녀는 왜 갑자기 황녀 이야기를 썼을까. 영

영 알 수 없다. 모두 알다시피, 그 작품을 발표한 후 김지우는 실종되었으니까. 서른두 살이었다.

봄이었다.

그렇다면 「옹주」는 수작이었는가. 이런 이야기에서 느닷없이 발견된 작품은 불멸의 명성을 얻는다. 김지우의 유작은 그런 작품이었는가. 불행히도 아니었다. 완성도가 떨어졌다.

문장은 거칠고 인물들은 특징이 없었다. 「옹주」는 어떤 면에서 「황녀」보다 훨씬 좋지 않았다. 작품이 발표된 후, 어떤 비평가는 페이스북에 이렇게 썼다.

'유작이라는 것 외에는 어떤 의미도 없다.'

그러나 우리 생각은 달랐다.

「옹주」는 분명 부족했다. 하지만 이 작품에는 김지우의 고민이 날것 그대로 담겨 있었다. 그녀가 슬럼프에 빠진 이유, 그것에서 벗어나지 못했던 이유. 독자들은 모두 기억할 것이다. 김지우는 스물세 살에 장편소설 『이명』으로 데뷔했다. 근래 보기 드문 작품이라는 평가를 받았다. 작품성도 훌륭했지만, 무엇보다 소재를 다루는 솜씨가 대범했다. 그녀는 친구 사이의 애증을 신체 폭력을 통해 그려냈는데, 그 화법은 전무후무했다. 우리는 그 작품에 대해 이런 식으로 이야기하곤 했다. 이건 진짜다. 진짜 소설이다. 이후 『이명』은 영화로 제작되면서 더 화제가 되었다. 여기서부터 균열이 일어났던 것 같다. 김지우는 폭력을 선정적으로 묘사하는 작가로 불리기 시작했다. 그리고 어떤 일들이 벌어졌다. 그러니까 감당할 수 없는 관심과 기대, 실망과 비난이 스물세 살의 여성에게 한꺼번에 쏟아지기 시작했다. 그녀는 당연히 고통스러워했는데, 그중에서도 그녀를 가장 힘들게 했던 건 '김지우가 어떤 사람인지 확언하는' 평가들이었다. 사람들은 김지우의 작품을 있는 그대로 읽기보다는, 작품을 통해 그녀의 인성과 사고, 삶을 파악하려 들었다. 그녀는 마조히스트였고, 사디스트였고, 집착이 강한 인간이었고, 거짓말쟁이였

고, 나약한 여자였고, 사연 있는 사람이었고, 폭력적
인 인간이었고…….

그녀는 자주 들고 다니는 노트 첫 장에 소설가 엘
리너 스펜서가 쓴 구절을 적어두었다.

"이건 사랑에 관한 이야기다. 내가 무엇을 썼는지
나는 안다."

시간이 흐르며 화제성은 천천히 사그라들었다. 김
지우도 천천히 슬럼프에 빠져들었다. 그러자 다른
평가가 달라붙었다. 그녀의 데뷔는 그저 운이었다
고, 사실 그녀는 자기 이야기가 없는 사람이라고.

그녀가 실종되기 1년 전이었을 것이다.

그녀는 어느 잡지사에서 신간 소설 리뷰 청탁을
받았다. 의도가 빤한 제안이었다. 어린 나이에 성폭
력을 다룬 이야기로 데뷔한 미국 작가의 작품이었던
것이다. 하지만 상당히 훌륭한 작품이었고, 김지우
는 책임감을 느꼈다. 그녀는 신경을 많이 썼다. 작가
에 대해 상세히 조사했고 소설을 여러 번 읽으며 생

각을 가다듬었다. 그녀는 원고지 30매 분량의 원고를 수없이 고쳐 썼다. 마감 직후 충격적인 일이 벌어졌다. 잡지사에서 교정지를 받았는데, 그녀가 심혈을 기울여 쓴 서문과 결말이 모두 잘려 나가고 선정적인 내용을 소개하는 본문만 그대로 남아 있었다. 그녀가 항의하자 에디터는 분량상 어쩔 수 없는 일이었다고 무심하게 대답했다. 그리고 독자들은 은유적인 문장을 좋아하지 않는다고 덧붙였다. 김지우가 계속 항의하자 에디터는 신경질적으로 되물었다. "대체 뭐가 다른데요? 그대로 두면 뭐가 달라질 것 같은데요?"

「옹주」에 그 대사가 나온다.

"뭐가 다른데? 이런다고 네 인생이 달라질 것 같니?"

서로를 돌보는 것은 우리의 일이 아니다. 하지만 고통은 함께 경험한다. 공교롭게도 우리는 그렇게 연결되어 있다. 그것이 우리의 삶이다.

이제야 알려진 사실이지만, 「옹주」는 김지우의 작품이 아니었다.

그러나 우리는 정말로 경험했다. '진짜'를 느꼈다. 그녀의 사촌 동생이 나타나 사실 그 소설은 언니의 친구가 선물로 준 작품이었다고 말하기 전까지, 일이 너무 커져서 진실을 말할 수 없었다고 고백하기 전까지, 우리는 확신했고 정말로 '진짜'를 느꼈다. 우리가 김지우를 이해했다고 말이다. 그 모든 것이 다 착각이었을까? 정말로?

돌이켜보면 우리가 경험한 건, 어떤 믿음이었던 것 같다. 김지우 혼자의 문제라고 생각했지만 사실 우리 모두에게 조금씩 스며들어 있던 문제를, 어쩌면 그녀는 해결한 것 같다는 믿음. 우리는 「옹주」를 읽으며 김지우가 슬럼프를 극복할 방법을 찾았다고 믿고 싶었던 것 같다. 이렇게 말하고 보니, '우리'라는 표현은 더 이상 적절하지 않은 것 같다. 그녀의 유작. 오래된 노트북 바탕화면에 덩그러니 깔려 있던 「옹주」를 읽고 바로 내가 그렇게 생각했으니까. 그녀가 드디어 해결점을 찾은 것 같다고. 그래서 돌아올 준비가 되어 있는 것 같다고.

그러니까, 나도 할 수 있을 거라고.

*

나는 이 이야기를 병실에서 읽었다. 처음에는 잘 이해하지 못했다. 친구들 때문이었다. 그들은 이렇다 할 설명도 없이 그 글을 내게 던져준 뒤, 수다를 떨기 바빴다. 내가 불만스러운 목소리로 대체 이게 뭐냐고 세 번쯤 물었을 때, 둘 중 한 명이 건성으로 대답했다.

"그거? 요즘 하는 거."

"그러니까, 그게 뭐냐고."

결국 나는 짜증을 숨기지 못했다. 그제야 친구들

이 나를 쳐다봤다. 막상 모두의 주목을 받게 되자 약간 겸연쩍은 기분이 들었지만, 나는 티 내지 않았다. 그러려고 노력했다. 사실 그즈음 내가 가장 신경 쓰던 일이었다. 매사에 '괜찮아, 뭐 어때'라고 생각하는 것. 떡볶이 좀 먹겠다고 쉬는 시간에 학교 밖으로 나갔다가 차에 치였지만 괜찮아. 온몸의 뼈가 잔뜩 부러졌지만 괜찮아. 제때 졸업을 못 하게 됐지만 괜찮아. 대화를 따라잡을 수 없게 되었지만, 그래서 친구들과 멀어지는 것 같지만 괜찮아. 정말 다 괜찮아.

하지만 그때 나는 열아홉 살이었고, 감정을 숨기는 법을 지금보다 더 몰랐다. 이미 나는 친구들을 애처로운 표정(분명 그랬을 것이다)으로 쳐다보고 있었다. 내게 말을 걸어달라고, 혼자 두지 말라고. 한 달 내내 나는 누워만 있었다. 부모님과 여동생 외에는 누구도 찾아오지 않았다. 어쩔 수 없었다. 알고 있었다. 마을에서 한참 떨어지다 못해, 아예 다른 도시에 있는 대학 병원이었으니까. 친구들이 걸음 하기 쉽지 않았을 것이다. 정말 알고 있었다. 그러나 나는 서운했고, 그 마음을 어떻게 할 줄 몰랐다. 그런 나날이 이어지던 중, 그들이 드디어 문병을 왔던 것이다. 하지만 그들은 내게 관심이 없어 보였고…… '요즘 하는' 것에 대해서만 서로 이야기를 나눴다. 괜찮지 않았다. 이제야 이야기를 나눌 수 있게 되었다고 생각했는데, 그러니까 지금 내가 얼마나 힘든지, 외로운지, 위로가 필요한지 투덜거릴 수 있게 된 것 같았는데, 영문을 알 수 없는 글 하나를 던져주고 자기들끼리 떠들기만 하다니.

전혀 괜찮지 않았다.

다행히 그 아이들, 버스를 세 번이나 갈아타며 나를 보러 와준 그 친절하고 다정한 소녀들은 나를 외롭게 두지 않았다. 누군가가 위로하듯 내 어깨를 매만졌고, 이어 부드러운 목소리로 말했다.

이야기는 그렇게 시작되었다. 그렇게 내 앞에 툭 던져졌다.

다들 부른 배를 쓰다듬으며 느긋하게 오후를 시작하던 즈음이었다. 눈이 새빨개진 김민영이 교무실에 찾아왔다. 그 애는 곧장 국어 교사에게 다가가 물었다.

"왜 제가 아니라 이진영이 백일장에 나가는 거죠?"

목소리가 컸다. 교무실의 교사들이 모두 민영을 쳐다봤다. 그러나 정작 국어 교사는 그 애를 쳐다보지 않았다. 귀찮다는 듯 미간을 살짝 찡그린 채 모니터만 응시했다. '귀찮기 짝이 없는' 이 상황이 빨리 끝나기만을 바라는 것 같았다. 그러나 민영은 그럴 생각이 없어 보였다. 그 애는 조금 전보다 약간 더 신경질적으로 물었다.

"선생님, 왜죠?"

결국 국어 교사는 한숨을 쉬며 민영을 돌아보았다. 그러곤 심드렁한 목소리로 대답했다.

"진영이가 먼저 찾아왔잖니. 너는 지금 왔고."

민영은 또박또박 말을 이었다.

"하지만 지난번 도교육청 백일장에서 우수상을 받아 온 건 저잖아요."

"그렇지."

"봄에 있었던 교내 백일장에서도 제가 장원하지 않았나요?"

"했지."

"작년 가을에 나갔던 대회에서도……."

"그래, 그래. 네가 상을 받아 왔지. 너는 우리 학교 헤밍웨이잖니?"

이제 그의 말투에는 빈정거림이 담겼다. 하지만 민영은 물러서지 않았다.

"그러면 저한테 먼저 물어봐주셨어야 하는 거 아니에요?"

그는 팔짱을 꼈다. 그리고 말했다.

"너 아주 당연하다는 듯이 군다?"

그제야 민영은 입을 다물었다. 그간의 경험을 통

해, 자신이 어떤 선을 넘었다는 걸 알아차렸던 것이다.

(내게 이 이야기를 해준 친구는 당시 민영의 속내를 이런 식으로 표현했다.)

그건 옳고 그름의 문제가 아니었다. 민영은 그런 일을 매우 자주 저질렀다. 남들과 똑같이 말하고, 별다를 것 없이 행동한다고 생각했지만 그녀는 늘 누군가의 심기를 불편하게 했다.

이제 와 생각해보면……

민영은 요령이 없었던 것 같다. 자신이 원하는 걸 요구할 때, 타인을 짜증 나지 않게 하는 법을 전혀 몰랐다. 물론 그 나이에 그런 감각을 갖고 있기란 어렵다. 하지만 민영은 유독 미숙했다. 그 애는 늘 속이 훤히 보였다. 무엇을 얼마나 바라는지, 얼마나 간절한지, 그래서 얼마나 이기적으로 굴 수 있는지 전혀 숨기지 못했다. 그 때문에 사람들을 귀찮게 하고 짜증 나게 만든다는 걸, 알면서도 멈추지 못했다.

대체 뭘 원했기에?

그녀는 마을에서 벗어나고 싶어 했다.

우리 학교는 전교생 수가 얼마 되지 않는 작은 여자 고등학교였다. 헤밍웨이? 그래, 틀린 말은 아니었다. 그녀는 학교에서 글 좀 쓰고, 책 좀 읽는 애였다. 앉은자리에서 곧장 원고지 10매를 채울 줄 아는 '유일한' 학생이었다. 해인 마을 아이답지 않았다.

그러나 다른 마을 출신인 '우리'도 민영과 같은 마음이었다. 우리는 이미 지쳐 있었다. 사는 것. 살아가는 것. 계속 살아야 하는 것. 안정적인 직장에 들어가 월급을 받고, 가족과 함께 평범한 일상을 보내는 것. 그것이 우리가 꿈꾸는 유일한 것이었고, 그만큼 벅찼다. 그런데 민영은 더 원한다고 말했던 것이다. 다른 것을 갖고 싶어 했던 것이다. 우리는 민영이 싫었다.

그래서 그 아이가 누구에게도 존중받지 못할 때, 내버려뒀다. 그러니까…… 서울에서 열리는 백일장,

대학 입시를 좌우하는 대회에는 늘 인원 제한이 있었다. 우리 학교처럼 학생 수가 적을 경우, 대회에 나갈 수 있는 사람은 전교생 중 한 명뿐이었다. 교사들은 그 기회를 3학년에게 줘야 한다고 말했다. 항변의 기회는 없었다. 그래서 민영은 작은 대회만을 전전했다. 민영은 그렇게 지난 2년 동안 글 쓰는 일에는 관심도 없고, 헤밍웨이가 누구인지도 모르고, 초등학교 2학년 이후로는 일기 비슷한 것도 써본 적이 없으면서(추측이 아니다. 민영이 대회에 나가는 선배들을 붙잡고 일일이 물어봐가며 확인한 사실이다) 오직 서울 나들이를 위해 미친 듯이 소리 지르며 가위바위보를 하는 선배들에게 모든 기회를 내주었다. 그리고 그해, 민영은 드디어 3학년이 되었다. 그녀는 날개를 펼칠 때라고 생각했다. 모든 대회에 나갈 생각이었다. 우수상이든 장려상이든, 입상이든 장원이든 뭐든 받아 올 생각이었다. 서울의 대학에 지원할 생각이었다. 그녀는 그렇게 해인 마을을 떠날 계획을 세웠다. 그 첫 백일장이 바로 두 달 뒤에 있었다.

그런데 이진영이라니.

"이번에는 진영이가 먼저 찾아왔으니까 어쩔 수 없어. 너는 다음 대회에 나가."

국어 교사는 달래주고 싶은 마음이 전혀 들지 않는, 짜증 나는 그 아이에게 싸늘하게 말했다. 어차피 시간도 별로 없었다. 오후 수업이 다가오고 있었다. 그는 모니터 화면을 끄고 자리에서 일어났다. 그리고 당황하고 말았다.

민영이 울기 시작했던 것이다.

이명

대학 모임에 다녀오는 길이었다. 누구에게나 그
렇듯, 잘 맞지 않는 사람이 있기 마련이다. 이선아
는 남편의 동기, 그러니까 남자 선배 D와 잘 맞지 않
았다. 그는 어떻게든 그녀의 기를 죽이고 싶어 했다.
남편은 그녀가 예민하게 받아들이는 거라고, 원래
그 녀석은 농담을 그런 식으로 한다고 말했다. 선아
는 이해되지 않았다. 그게 정말 농담이라고?

농담이란 사람들을 기분 좋게 하는 것 아닌가?

아아?

선배의 농담이란, 선아가 하는 말마다 "아아?"
하고 대꾸하는 것이었다. 그리고 매번 덧붙이곤 했
다. 그녀가 뭔가를 잘못 알고 있다고, 너무 과민한

것 같다고. 때문에 선아는 그와 부딪히지 않으려 노력했다. 그는 그녀보다 다섯 살이 많았고, 선아 부부가 가게를 개업할 때 임대료가 저렴한 건물을 소개해줬다. 남편은 그를 좋아했다. 물론 평생 그러지는 않았다. 결국 남편은 자기편은 아내밖에 없다는 걸 받아들였으니까. 그리고 선아는 결혼한 다른 친구들을 통해, 남자들이 그 사실을 아주 늦게 깨닫는다는 걸 알았다. 참 이해할 수 없는 일이었다. 인생을 함께 살아가기 위해 결혼한 것인데, 그렇게 오랜 시간 남보다 못한 취급을 받는다니 말이다. 선아는 남편의 깨달음이 전혀 고맙지 않았다. 반갑지도 않았다. 그때 그녀는 마흔세 살이었고, 꽤 많이 지쳐 있었다. 사는 일에? 그렇다. 사는 일에. 그러니까 감정이 많이 사라진 상태였다. 의사는 그것을 우울증이라고 말했다.

아아?

상담 첫날, 그녀는 어떤 기억에 대해 이야기했다.

바로 그 대학 모임에 갔던 날에 대해서. 선배의 농담에 대해서. 그녀가 무슨 말을 했더라. 그래. 친구에 대해 이야기했다. 오래전 마을을 떠난 어떤 친구에 대해서. 선아는 그 친구에게 일종의 존경심을 품고 있었다. 선아는 그녀가 항상 특별하다고 생각했다. 느낌이 아니었다. 경험이었다. 그 아이는 남들이 해내지 못하는 걸 했다.

선배는 그 친구를 두고 그저 운이 좋았을 뿐이라고 말했다.

아니에요. 그 애는 의지가 강했어요.

아아?

그 애는 많이 노력했어요.

아아, 그래?

뭐든 대충하는 법이 없었죠.

아아. 그럴까?

제가 알아요. 친구였으니까요.

친구였다고? 너랑? 아…… 아?

선아는 화를 내지 않았다. 오랜만의 모임이었고, 바쁜 남편을 대신해서 참석한 자리였다. 그녀가 목소리를 높이면 선배가 뭐라고 할지 뻔했다. 남편이 없어서 신경질을 낸다고 할 것이다. 아이를 낳은 지 얼마 되지 않아 예민하다고 할 것이다.

돌아오는 길, 선아는 수십 대의 차가 빠르게 지나다니는 차도 앞에서 소리 질렀다.

죽어버려라. 차에 치여 죽어버려라. 죽어버려라. 차에 치여 죽어버려라.

누가?

아아, 대체 누가?

외침은 자동차들의 엔진 소리에 묻혔다. 누구도 그녀의 소리를 듣지 못했다. 대신, 이명이 들리기 시작했다. 귓속에서 그녀 자신의 목소리가 되풀이해 들렸다.

아아.

아아?

의사는 그 목소리가 중요하다고 했다. 의미가 있는 사건이라고 했다.

그럴지도 몰랐다.

그날 이후, 선아는 글을 쓰기 시작했으니까. 그녀에게 벌어진 일, 기분, 수치심 그러니까 모멸감, 행복, 거듭해서 기억하고 싶은 일, 잊지 않고 싶은 일. 귀에 들리는 모든 이야기를 받아 적었다. 그녀는 그렇게 매일 글을 썼다. 일기는 그녀가 많은 것을 견디게 한 수단이었다. 그녀는 이 방법, 그러니까 바닥으로 완전히 가라앉지 않을 수 있게 이 방법을 알려준 그 친구, 김지우에게 감사했다.

의사에게 이 이야기는 하지 않았다.

*

"진영이랑 한번 이야기해봐. 걔가 양보하면 네가

나가는 거야.”

국어 교사의 말이 끝나기가 무섭게 민영은 자리를 떴다. 뒤에서 그가 혀를 차는 소리가 들렸지만 그녀는 아랑곳하지 않았다. 눈물은 빠르게 멈췄다.

이야기해볼 것도 없지. 민영은 오만하고 이기적인 성격답게, 자기중심적으로 생각하기 시작했다. 이진영은 평소에 책이라고는 들춰 보지도 않는 애잖아. 글 쓰는 게 취미라는 이야기를 들어본 적도 없지. 솔직히 글 쓰는 게 취미인 애가 있기는 한가. 모두 밥 먹고 낮잠 자는 것 외에는 그 어떤 것에도 관심이 없잖아. 다들 문장이 뭔지 알기는 하나? 이진영도 다를 바 없지.

민영이 정말로 이렇게까지 생각했는지는 알 수 없다. 하지만 평소 그 애의 말과 행실을 가만히 돌이켜보면…… 친구의 표현이 특별히 과장된 것 같지는 않다. 실제로 그녀는 진영을 만만하게 봤다.

그러니까 자신이 말을 하면 진영이 선뜻 양보를 할
것이라고.

친구는 조금 다르게 이야기했다. 민영은 진영을
만만하게 본 게 아니다. 사실 그녀는 항상 진영을 의
식했다. 정말로? 그래 정말로. 어릴 때부터 그랬다.
그러니까 평생 그랬다. 그들은 줄곧 같은 마을에 살
았고, 거의 함께 자라다시피 했으니까. 그래서 민영
은 진영이 모든 면에서 자신보다 낫다는 걸 알고 있
었다. 그걸 처음 알았던 순간이 언제였더라…… 글
쎄. 우선, 어른들은 그들이 함께 있으면 무조건 진영
을 더 예뻐했다. 실제로 진영이 예쁘긴 했다. 다들 민
영을 보면 무덤덤하게 미소를 지었지만, 진영을 보
면 화사하게 웃으며 그 애를 끌어안고 쓰다듬어주
고 용돈을 줬다. 심지어 민영의 부모님도 그랬다.
그래서 민영은 초등학교에 갈 날만 기다렸다. 새
친구들을 사귀고 싶었다. 언제나 자신이 예쁘지 않

다는 사실을 깨닫게 해주는 마을의 유일한 동갑내
기 말고, 자기를 있는 그대로 좋아해주고, 그래서 자
신도 좋아할 수 있는 그런 친구를 사귀고 싶었다. 그
러나 초등학교에 입학한 날 바로 깨달았다. 어른들
만 진영을 좋아하는 게 아니라, 무수히 많은 인간이
진영을 좋아한다는 것을. 그랬다. 사람들은 그냥 모
두 다 진영을 좋아했다. 게다가 그 애는 뭐든 쉽게
해냈다. 공부든, 미술이든, 체육이든 대체로 뭐든 잘
했다. 어려워하지 않았다. 갖은 노력을 다 하는 애들
사이에서 진영은 늘 고고하게 서 있었다. 그런 진영
을 보며 사람들은 말했다. 뭐가 돼도 될 애야. 여기
태어난 게 아깝지. 민영 역시 그렇게 생각했다. 온전
히 자신의 능력으로 이 마을을 떠날 수 있는 사람이
있다면 바로 진영일 거라고. 하지만 진영은 전혀 욕
심을 부리지 않았다. 그 애는 진로 희망란에 늘 '직
장인'이라고 적었고, 대학에는 관심이 없다고 말했
다. 그저 빨리 돈을 벌고 싶다고만 했다. 민영은 그

런 말을 들을 때마다, 별 볼 일 없는 재주로 어떻게든 마을을 떠나고 싶어 하는 자신이 한심하게 느껴지곤 했다.

싫었다.
미웠다.

민영은 신경질적으로 교실 문을 열었다. 창가 쪽 자리에 진영이 앉아 있었다. 언제나 그렇듯 아이들에게 둘러싸여 있었다. 정말 괴이했다. 얘는 왜 항상 혼자 있는 법이 없어? 그 순간 민영은 문득, 자신이 진영의 목소리를 들어본 적이 별로 없다는 걸 깨달았다. 물론 진영의 말수가 적기 때문이었지만…….매번 다른 사람들, 그러니까 진영의 주위에 있는 모든 인간이 다 그녀의 말을 대신하곤 했던 것이다.

진영이 오늘 몸이 안 좋대. 진영이 지금 배가 부르대. 진영이 이번 수학 시험 잘 봤대. 그 오빠가 진영이한테 고백했대. 거절했더니 앞에서 울었대. 통곡을 했대.

그리고 그녀는 항상 괜찮다고 말했다. 언제였더라. 초등학교 때 진영의 엄마가 오빠에게만 휴대전화를 사줬을 때에도 괜찮다고 했고, 할머니가 제사상 준비해야 하니까 학교에 좀 늦게 가라고 했을 때도 괜찮다고 했고, 형편이 별로 좋지 않으니 학원을 그만 다니라고 했을 때에도 괜찮다고 했다. 그러니까, 내게도 괜찮다고 해주겠지? 그렇지?

그런데⋯⋯.

갑자기 왜 백일장에 나가겠다는 거야?

민영은 정신을 차리려 애썼다. 지금 중요한 건 이런 쓸데없는 의문이 아니었으니까. 그녀는 진영을 불렀다. 최대한 다정히.

"진영아, 있잖아."

진영이 그녀를 쳐다봤다. 그러자 그녀 옆에 앉아 있던 아이들도 모두 민영을 쳐다봤다. 열 명쯤 됐으려나. 민영은 의식하지 않으려 애썼다. 부러워하지 않으려 노력했다. 정말이었다. 친구를 갈망하던 나이는 이미 지났다. 민영은 그냥 자신이 혼자인 사람이라는 사실을 받아들였다. 진영이 모두와 잘 지내고 호감을 사는 사람이라면, 민영은 반대의 사람인 것이다. 그런 사람도 있는 것이다. 그것이 세상의 균형이다. 대신 민영에게는 꿈이 있었다. 이 마을을 떠나, 자신이 선택한 방식대로 살아가는 것. 그래서 다행이라는 생각을 더 많이 했다. 사사로운 감정에 얽매이고 사람들에게 마음을 열기 시작하면 앞으로 나아갈 수 없을 것 같았다. 이곳에 애정을 품고 아쉬워하기 시작하는 순간 마음이 약해질 것이고, 겁을 먹을 것이다. 돌아올 곳이 있다는 생각 때문에 느슨하게 살게 될 것이다. 그러다 언젠가 이렇게 생각하겠지.

"그래, 이 마을에서 사는 것도 나쁘지 않아."

하지만 민영은 전혀 그런 사람으로 자라지 않았

다. 진영과 자신이 다르다는 것을 받아들였기 때문에. 그녀와는 다른 사람이라는 걸 알았기 때문에. 그래서 정말로 괜찮았다.

민영은 말을 이었다.

"나 너한테 부탁할 게 있는데."

그 순간, 진영의 목소리가 들려왔다.

"응, 민영아, 네가 무슨 말할지 알아."

그러더니 덧붙였다.

"미안해. 그 백일장 내가 나가고 싶어."

엘리너의 소설

"이 작가는 분명 엘리너 스펜서를 읽었어."

그날, 그 말을 듣자마자 나는 이 문학 스터디에 한 번 더 나와야겠다고 생각했다. 떠오르는 사람이 있었기 때문이다. 우리 집에는 바로 그 작가, 이선아가 보내준 엘리너 스펜서의 책들이 있었다. 나는 당연히, 엄마와 이선아가 친구일 거라고 생각했다. 그러나 엄마는 아니라고 말했다.

"그럼 누군데?"

이에 대해서 엄마는 어떤 설명도 해준 적이 없다. 그냥 책을 보면서 이렇게 중얼거렸을 뿐이다.

"얘는 뭐 이렇게 기괴한 걸 좋아하고 그래."

그러면서도 엄마는 이선아가 보내준 책들을 끝까

지 다 읽었다. 그리고 그 시절은 이선아가 실종되면
서 끝났다.

어쨌든 우리 집에는 그녀가 보내준 책들이 넘쳐났
고, 나는 자라면서 그 책들을 거의 다 읽었다. 그리
고 이선아의 책도 찾아 읽었다. 나는 그 소설들을 읽
으면서, 작품이 만들어지는 데 있어 독서가 어떤 영
향을 미치는지 조금 이해하게 되었다. 그러니까, 엘
리너 스펜서와 이선아의 관계에 대해서 추측할 수
있었다.

나는 언제나 이선아가 엘리너에게서 무엇을 느꼈
는지 궁금했다. 엄마 때문이었다. 나는 엄마의 우울
증을 이해하고 싶었다. 그러던 어느 날, 그런 생각을
했던 것이다. 그녀의 소설에 나오는 이 익숙한 여자
들, 슬프고 기괴하고 복잡한 마음으로 세상을 견디
는 여자들은 사실 엄마가 아닐까. 그러니까, 혹시 엄
마는 나와 아빠에게 말하지 못하는 것들을 그녀에
게 털어놓았고 그 마음들이 결국 소설이 되었던 건

아닐까. 친구가 아니라고 말하는 건, 내가 그 사실을 알아챌까 봐 한 거짓말이 아닐까. 그래서 언젠가부터 나는 그녀의 작품을 이해하는 것이, 어느 순간 쩍 하고 벌어진 엄마와 나의 관계를 좁힐 수 있는 방법일지도 모른다고 생각하기 시작했다. 직접 물어보면 좋았을 것이다. 엄마에게……. 그러나 나는 그렇게 하지 않았다. 잘 모르겠다. 엄마에게 그런 걸 물어본다는 게 가능하긴 할까. 그런 걸, 물어볼 수 있는 딸이 있기는 할까. 다 핑계라는 걸 안다. 그냥 나는 엄마를 먼저 이해하는 딸이 되고 싶었던 것 같다. 말하지 않아도 알아듣고, 이해하고 받아들이는 영민한 딸 말이다. 사실은 그저 불편한 대화를 하고 싶지 않았을 뿐이지만.

어쨌든 그때 나는 그런 마음에 사로잡혀 있었고, 엘리너와 이선아에 대해 더 알고 싶었다. 왜냐하면 엘리너의 소설에도 엄마와 비슷한 여자들이 등장했으니까. 복잡한 마음으로 세상을 살아가는 여자들.

그래서 나는 또 이런 생각을 했다. 사실 그녀의 소설에 등장하는 이 마음 아픈 여자들은 엄마가 아니라, 엘리너에게 영향을 받은 세계의 인물들이 아닐까.

아이를 낳고 싶지 않았고, 이런 삶을 원하지 않았다는 구절은, 이선아라는 소설가가 만든 세계의 주인공 이야기에 불과한 건 아닐까.

그러기를 바랐던 것 같다.

하지만 어떤 평론이나 서평도 그녀와 엘리너를 연결해 이야기하지 않았다. 그녀에 대한 이야기는 뭐랄까, 내가 기대한 것과 너무 달랐다. 정말로? 이선아가 정말 이런 작가라고? 내가 소설을 잘못 읽은 것 같았다. 그러던 중, 학교에 문학 작품을 읽고 분석하는 스터디가 있다는 소식을 들었다. 나는 곧장 찾아갔다. 그리고 첫날, 그가 그런 말을 했던 것이다.

그녀는 분명 엘리너 스펜서를 읽었다고.

나는 스무 살이었고, 그는 스물다섯 살이었다. 그가 말할 때마다 사람들이 신뢰 가득한 눈빛으로 고개를 끄덕이는 모습을 보았다. 그는 대학 문학상의 수상자였고, 문예지의 신인상 공모 소설 부문 본심에도 여러 번 올랐다. 그와 함께 공부하면 진실을 알게 될지도 모른다는 느낌을 받았다. 나는 스터디에 열심히 나가기 시작했다.

그는 이선아를 별로 이야기할 만한 가치가 없는 작가라고 말했다. 그리고 엘리너 스펜서에 대해서는 이렇게 말했다. 그녀는 강간을 당한 적이 있는 것 같다고. 그렇지 않고서는 이런 소설을 쓸 수 없다고.

엘리너 스펜서는 결혼 생활 내내 남편의 폭력에 시달렸다. 그녀가 남편 때문에 여러 번 병원 신세를 졌다는 사실은 공공연한 비밀이었다. 그녀의 소설에는 여자 유령이 자주 등장한다. 남편 혹은 아버지, 오빠, 남동생, 이웃집 남자에게 살해당한 여자들이 유령이 되어 복수를 시도하거나 감정을 토로한다. 엘리너의 작품은 그녀의 삶과 같았다. 그녀의 대표작인 「빈집의 목소리」는 폭력에 시달린 여성들이 빈집에 모여 살게 되면서 벌어지는 끔찍한 살육전을 그리고 있다. 「빈집의 목소리」는 엘리너 스펜서가 쓴 가장 잔인하고 무서운 소설이다. 여성 작가의 삶과 작품의 연관성에 대해 언급할 때 엘리너는 이 소설과 함께 자주 등장한다.

엄마의 병명은 정확히 말하면 산후 우울증이었다. 엄마는 결혼하자마자 나를 가졌는데, 스물다섯 살이었고 계획에 없던 임신이었다. 결혼을 앞두고 엄마는 혼자서 여행을 떠났다. 하지만 금세 돌아오고 말았다. 기차에서 잠들었는데, 일어나 보니 가방과 지갑은 물론 휴대전화까지 도둑맞았기 때문이다. 가족들과 다섯 시간 동안 연락이 끊겼다. 당시 남자친구였던 아빠는 불안에 떨었다. 이선아의 소설에 그 에피소드가 나온다. 우연일까. 여주인공은 그때 일을 해프닝이라고 말한다. 여행을 갔고, 도둑을 맞았고, 그래서 끝나버렸다고. 살다 보니 그런 일을 겪기도 한다고. 하지만 실제로는 끔찍한 일을 겪었다.

'그런 일'이 아니다. 아주 고통스러운 사건이 있었다. 그리고 나는 생각했다. 그건…… 정말로 소설에 불과했을까.

그가 스터디에서 그 말을 했던 날은, 내가 그에게만 그 의심을 몰래 털어놓은 직후였다. 당시 나는 그를 사랑하고 있었고, 순진하게도, 사귀는 사이라면 상대를 해하거나 상처주는 말은 결코 하지 않으리라 생각했다. 사랑이란, 그런 것이다. 그래서 아무나 쉽게 가질 수 없는 것이다.

그때 사람들은 그에게 동의하지 않았다. 그는 삶과 작품의 연관성에 대해 한참 동안 목소리를 높였다. 논리적이지 않았다. 자신에게 반박하는 걸 견디지 못했다. 그는 억지를 부리며 빈정거리기 시작했다. 그러다 멍청한 것들이 함부로 떠들어댄다고 말했다.

찬물을 끼얹은 듯 분위기가 고요해졌다. 누구도 그를 신뢰하지 않는다는 걸 느낄 수 있었다. 그때 그가 벌건 얼굴로 나를 돌아보며 말했다.

"야, 지금 그 이야기 빨리 말해봐. 강간당했잖아. 왜 가만히 있어?"

최근 엘리너 스펜서에 대해 알려진 이야기가 있다. 그녀는 남편과 이혼했다. 그것도 아주 진작에. 그리고 좋은 남자를 만나 재혼했다. 「빈집의 목소리」를 쓸 때, 엘리너 스펜서는 경제적으로나 정신적으로나 가장 안정적이고 풍요로운 상태였다. 이 사실이 알려지지 않은 이유는, 엘리너 스펜서가 자신의 사생활이 알려지는 걸 극도로 꺼렸기 때문이다. 그녀는 어느 순간부터 어떤 사회 활동도 하지 않고 오직 작품만 발표했다. 유족의 동의를 얻어 올해 출판될 예정인 그녀의 일기에는 자신의 사생활과 작품을 연결 지어 말하는 지긋지긋한 인간들을 향한 비판이 가득하다고 한다. 그녀는 언젠가 그들을 위한 소설을 쓰겠다는 다짐을 일기에 여러 번 썼다. 그 소설이 「빈집의 목소리」다.

나도 알게 된 사실이 있다. 이선아와 엄마는 각별하지 않았다. 그리고 그 책들도 이선아가 보내준 게 아니었다. 엄마가 직접 주문한 책들이었다. 왜 나는 그런 착각을 했을까. 엄마와 이선아가 같은 고향 출신이고, 이선아는 작가가 되었고, 엘리너 스펜서는 그녀가 가장 좋아하는 작가이고, 그들의 책이 우리 집에 있었기 때문에…… 그래서 그런 착각을 했던 걸까.

모르겠다.

이후에도 나는 스터디에 계속 나갔고 그는 나오지 않았다. 엘리너 스펜서를 읽는 날이 있었다. 나는 열심히 준비했다. 삶이나 경험 같은 단어들을 늘어놓고 싶지 않았다. 그런 식으로 책을 읽고 싶지 않았다. 그러자 놀랍게도, 설명할 수 없는 부분이 무척 많다는 걸 알았다. 덕분에 책을 몇 번이나 반복해서 읽었다. 그래도 계속 난해했다. 모임을 진행할 자신이 없었다. 당일, 가장 먼저 도착해서 사람들을 기다리고 있는데, 갑자기 강의실에 혼자 앉아 책을 내려다보고 있는 어떤 여자의 모습이 떠올랐다. 그리고 문득 이런 생각이 들었다.

'엘리너 스펜서의 마음을 이해할 수 있을 것 같다.'

뭐랄까……. 정말 그랬다. 이게 나의 진실이다. 다만 그때 알아차리지 못했을 뿐이다. 그 장면이 언젠가 쓰게 될 내 소설의 한 부분이 되리라는 것을. 그리고 그 장면을 떠올린 순간은 앞으로 내가 절대 잊을 수 없는 삶의 어떤 경험이 되리라는 사실을.

*

여기까지 들은 후, 나는 결국 진짜로 화를 내고 말았다.

"그래서? 이게 다 무슨 이야기야? 나보고 뭘 같이 하자는 거야?"

진영과 민영이 대체 뭘 어쨌다는 건지, 다들 학교에서 뭘 하고 있다는 건지 도무지 종잡을 수가 없었다. 친구들이 나를 놀리고 있는 것 같았다.

그러자 그녀가 또다시 내 어깨를 쓰다듬으며 나직하게 말했다.

"계속 들어봐. 마저 다 이야기해줄 테니까."

*

저녁 8시, 민영은 침대에 누워 있었다. 저녁도 거른 채였다. 마음이 가라앉지 않았다. 이건 분노일까, 슬픔일까. 자신의 감정을 알 수 없었다. 그녀는 진영의 얼굴을 잊을 수 없었다. 단 한 번도 본 적 없는 얼굴이었다. 뭔가를 원하는 단호한 얼굴.

사람들이 나를 볼 때도 그런 느낌이 들까.

그렇게 빛이 날까.

아니겠지. 왜냐하면 걔는 진영이고, 나는…….

그때 문자 알람이 울렸다. 휴대전화를 집어 들었다. 그러고는 곧장 자리에서 일어났다. 진영에게 문자가 와 있었다.

'너희 집 앞이야. 나올래? 얘기 좀 해.'

"어이없네. 누구보고 오라 가라야."

그러면서도 민영은 답장을 보냈다.

'잠시만.'

그녀는 곧장 화장실로 가서 앞머리를 감고 드라이를 했다. 밖으로 나가기 전에 거울을 한 번 더 봤다. 살짝 미소를 지었다가 풀었다. 어쩐지 긴장이 사라지지 않았다.

대문 앞에 정말로 진영이 서 있었다. 아직 교복을 입은 채였다. 오늘도 부모님 빵집을 돕다 온 모양이었다. 착한 딸 진영이. 항상 부모님을 돕는 예쁜 진영이. 언젠가 민영의 엄마가 말했다. 교복을 단정하게 갖춰 입은 진영이 카운터에 앉아 있는 모습을 보면 그렇게 기특하고 예쁠 수가 없다고. 그러더니 민영에게 새겨들으라는 듯 두 번이나 반복해서 덧붙였다. "세상에, 그런 딸이 없어, 그런 딸이." 그때 민영은 신경질적으로 대꾸했다. "아, 그럼 나도 가게 가서 교복 입고 닭발 팔까?"

진영이 말을 걸어왔다.

"오늘 기분 많이 상했지?"

민영은 살짝 놀랐다. 진영의 목소리에 피로함이 가득 담겨 있었기 때문이다. 들어본 적 없는 목소리였다. 민영은 진영이 계속 낯설었다. 처음 만난 사람처럼 어색했다. 민영은 진영과 그렇게 단둘이 마주 본 적이 없었다. 항상 그들 주위에는 사람들이 있었다. 가족들이, 마을 어른들이, 학교 친구들이 그들 사이를 메우고 있었다.

진영이 지친 목소리로 말을 이었다.

"내가 종일 생각해봤어."

"뭘?"

민영은 대답하면서도 그 생경한 기분을 지울 수 없었다. 어색했다. 그래서 어쩐지 무서웠다. 진영이 무슨 생각으로 자신 앞에 서 있는 건지 알 수 없었다. 그 속내를 뻔히 안다는 듯, 진영은 한숨을 쉬었다. 그리고 신중한 말투로 말을 이어나갔다.

"나도 백일장에 나가고 싶어."

"왜?"

민영은 겨우 물었다.

"너랑 똑같아."

"뭐가?"

"대학에 가고 싶어."

민영은 잠시 입을 다물었다. 그들 사이에 침묵이 흘렀다. 잠시 후, 그녀는 진영에게 말했다.

"그거랑 백일장이랑 무슨 상관이야?"

그녀는 자신의 질문이 이상하다는 걸 알고 있었다. 말이 안 되는 질문이라는 걸 알았다. 하지만 묻고 있었다. 그래야 했다. 진영의 입으로 직접 듣고 싶었다.

"국문과나 문예창작과에 가고 싶거든. 이 마을에서 최대한 멀리 떨어진 곳으로."

그제야 민영은 정신이 들었다. 진영을 한 대 때리고 싶다고 생각했으니까. 진심으로 그랬다. 아주 과격하게, 세게, 한 대 때려주고 싶었다. 그리고 소리를 지르고 싶었다. 장난하니? 장난해? 하지만 그녀는 참았다. 노력했다. 그리고 차분하게 되물었다.

"너는 꼭 그런 거 아니어도 되잖아."

"내가?"

"그래. 너는 공부도 잘하고, 이것저것 쉽게 배우고……."

"정말? 정말로 그렇게 생각해?"

진영의 목소리는 조금 감정적이었다. 민영은 당황했다. 진영의 그런 모습 역시 처음 보는 것이었으니까. 그 애는 민영에게 따지듯 묻고 있었다. 겨우 이 정도 공부를 잘하는 걸로, 그러니까 이 마을에서

겨우 이만큼으로, 뭔가를 할 수 있다고 생각하는 거
냐고.

민영은 진영의 말을 잘랐다. 그녀의 감정이 부담
스러웠다.

"그래서…… 생각했다는 게 뭐야?"

진영이 바로 대답했다.

"우리, 애들에게 글을 보여주고 더 좋은 걸 선택하
게 하는 게 어때?"

*

여기까지 들은 후에야 나는 겨우 이해가 됐다. 그
러니까 지금 민영과 진영이 백일장을 두고 경쟁을
하는 중이고, 아이들은 두 사람의 글을 읽고 있다는
뜻이었다.

"음. 아니야, 아니야."

지금껏 내게 이 모든 이야기를 해준 친구, 소영이

말했다. 그리고 뒤에 서 있던 민지가 내 옆으로 다가왔다. 그 애는 소영의 말을 자연스레 이어받았다.

"걔들 웃기지 않니? 자기들끼리만 이러쿵저러쿵한다는 거."

나는 여전히 대화를 따라잡지 못했다. 다시 서운함이 밀려왔다. 좀 알아듣게 말해주면 안 되는 거야? 교통사고를 당했다는 사실이 새삼 서러웠다. 그때 민지가 내 손을 잡았다. 그러곤 설명해줬다. 우리다 똑같지 않냐고.

"뭐가?"

"여기를 떠나고 싶은 건, 우리 모두 똑같잖아."

"그렇지?"

"하지만 떠나지 않지."

"맞지?"

"한번은 다른 마음을 가져봐도 좋지 않을까?"

"어때?"

그게 바로 지금 아이들이 '하고 있는 것'이었다.

모두 한 편씩 글을 쓰고, 서로의 이야기를 읽는 것. 그중 가장 좋은 작품을 뽑는 것. 그렇게 뽑힌 사람이 대회에 나가는 것. 나갈 수 있도록 해주는 것.

"……그러니까, 너도 할래?"

황녀

'나는 아무도 아닙니다.'

옹주는 말문이 트이자마자 이 문장을 배웠다. 왕조는 몰락하는 중이었고 분명 그렇게 될 터였지만, 그와 상관없이 이어지는 일들이 있었기 때문이다. 그녀의 어머니는 왕을 마주칠 기회가 거의 없는 신분 낮은 궁인이었다. 그녀의 임신은 의외의 사건이었고, 곧장 다른 여인들의 원한을 샀다. 왕에게 잊힌 여인들, 아들이 없는 여인들, 궁궐 재산이 더는 남아 있지 않다는 걸 아는 여인들, 새로운 누군가를 받아들일 여력이 없고 그래서 그 모든 불안을 그녀를 미워하는 것으로 묻어버리려는 여인들. 옹주를 밴 어머니의 배는 엄청나게 컸고, 다들 아들이라 짐작했다. 그건 있을 수 없는 일이었다. 있어서는 안 되는 일이었다. 산달이 되어갈수록 어머니는 음식을 잘 먹지 못했다. 독이 들어 있을까 봐 그랬다.

깊은 밤, 어머니는 친척의 도움을 받아 간신히 궁을 탈출했다. 산골의 작은 오두막에서 아이를 낳았다. 딸이었다.

그녀는 감사했다. 딸이었기에, 후궁들의 위협은 줄어들 것이었다. 그리고 원망했다. 딸이었기에, 그녀는 앞으로 어떤 권한도 갖지 못할 터였다. 어머니의 두 가지 마음이 이후 옹주의 마음에도 무언가를 만들었다. 모녀는 궁으로 돌아가지 않았다. 왕의 자손이 늘어났다는 걸 떠들고 다닐 필요는 없었다. 때를 기다리기로 했다. 언젠가 궁으로 돌아갈 날을. 비록 특별한 권한은 없을 테지만 왕의 딸이었다. 어머니는 생각했다. 그 사실만으로 존중받고 귀한 사람으로 대접받을 자격이 있다고. 어머니는 정말로 믿었다. 언젠가는 궁으로 돌아갈 수 있다고. 왕의 힘은 다시 강해질 것이고, 그러면 궁궐은 다시 꽃과 비단으로 넘쳐날 것이라고. 왕이 당신을 기억하리라 믿었다. 지금의 열악한 상황은 모두 아직 때가 아니기 때문이었다. 따라서 모녀는 조심해야 했다. 돌아가기도 전에 죽음을 맞이할 수는 없으니까.

그렇다면 옹주에게 아무것도 알려주지 않는 편이 좋았을 것이다. 그러나 어머니는 옹주에게 신분을 잊지 말라고 가르쳤다. 그러면서 또 옹주가 이렇게 말하도록 가르쳤다.

"나는 그런 사람이 아닙니다. 나는 아무도 아닙니다."

그러면 절대 나쁜 일을 당하지 않을 거라면서.

어머니는 옹주에게 바느질도 가르쳤다. 어머니는 솜씨가 좋았다. 궁인 중에서도 특히 출중한 솜씨를 지니고 있었다고 종종 자랑하듯 말했다. 그건 과장이 아니었다. 찢어진 옷소매도 어머니의 손길이 닿으면 새것처럼 감쪽같았다. 반면 옹주는 바느질을 쉽게 익히지 못했다. 어머니는 옹주가 바늘을 천에 찔러 넣을 때마다 손등을 때렸다. 형편없다고 했다. 아직 멀었다고 했다. 옹주는 어머니에게 꾸중을 들으면 곧장 눈물을 흘렸다. 어머니는 옹주를 더 호되게 나무랐다. 뭘 잘했다고 우느냐고, 운다고 뭐가 달라질 것 같으냐고. 나중에 옹주는 거의 울지 않게 되었다. 감옥에서도, 빈집에서도 그리고 그 일을 겪고 나서도.

시간이 흐르며 옹주의 솜씨는 좋아졌다. 아주 좋아졌다. 모두가 감탄할 만한 정도가 되었다.

어느 날, 옹주는 모두의 탄성을 자아내는 옷을 한 벌 지었다. 어머니는 말했다.

"겨우 그 정도로는 소용없다."

시간은 계속 흘렀다. 왕조는 완전히 몰락했고, 전쟁이 일어났고, 세상이 계속 바뀌었다. 그러니까 그들이 기다리던 때는 오지 않았다. 어머니는 세상을 떠났다. 군인들이 마을로 밀려들었다. 옹주도 떠밀

리듯 마을을 떠났다. 남쪽으로 내려갔다. 어느 마을에 도착했고, 옹주는 이제 자신의 힘으로 먹고살아야 한다는 걸 알았다. 그래서 옹주는 삯바느질을 시작했다. 그녀는 솜씨가 좋았다. 아주 좋았다. 궁인들 중에서도 특히 출중했던 어머니 정도인지는 모르겠지만, 어쨌든 뛰어났다. 사람들은 그녀가 누구인지 궁금해했다. 그녀는 배운 대로 대답했다. 나는 아무도 아닙니다. 그녀는 정말로 궁으로 돌아가겠다는 생각을 하지 않았다. 애초 그건 어머니의 생각이었다. 그녀는 그냥, 그녀로 살았다. 그런데 어느 날, 어떤 사람들이 그녀를 찾아와 또 질문했다. 당신은 누구입니까. 정말로 왕의 딸입니까. 왜 바느질을 합니까. 뭘 만들고 있었습니까. 그녀는 대답했다.

"아니요. 저는 아무도 아닙니다."

그녀는 나쁜 일을 피하지 못했다. 사람들은 그녀가 거짓말을 한다고 말했다. 그녀가 수선한 옷이 북한군의 군복이라고 했다. 그녀가 간첩이라고 했다.

그녀는 그렇게 감옥에 갇혔다.

출소 후, 그녀는 전라도의 작은 도시 안진으로 갔다. 그곳에 이씨 왕조의 먼 친척이 살고 있다고 했다. 그때가 벌써 예순이 넘은 나이였다. 그녀는 다시 삯바느질을 시작했다. 그 나이가 되었지만, 바느질 외에 그녀가 할 수 있는 일은 없었다. 그것만이 유일했다. 또 한 가지 변하지 않은 사실이 있다면 그녀의 솜씨였다. 소문은 빠르게 퍼졌다. 궁에서 만든 옷 같다더라. 박음질 자국이 하나도 보이지 않을 정도라더라. 헌 옷도 새것처럼 바꾸어놓는다더라.

안진에서 그녀는 몰락한 왕조의 숨겨진 옹주라는 사실보다, 삯바느질로 더 이름을 얻었다. 누구도 그녀에게 질문하지 않았다. 당신은 누구입니까. 덕분에 그녀는 대답할 필요가 없었다. 나는 아무도 아니라고. 대신 사람들은 칭찬을 했다. 훌륭합니다. 아름답습니다. 사람들의 칭찬을 들을 때마다 옹주는 오래전

6 3

어머니가 차갑게 말하던 순간을 자주 떠올렸다.

"겨우 그 정도로는 소용없다."

그렇게 세월이 또 흘렀다. 세상은 계속 변했다. 어느 순간부터 그녀의 손바느질은 기계의 속도를 따라가지 못했다. 그러나 다행히도, 삯바느질을 찾는 사람이 거의 없어질 무렵 그녀 역시 더는 바느질을 할 수 없게 되었다. 눈이 침침해졌던 것이다. 그래도 그녀는 이후 몇 년을 더 살았다. 여든두 살에 세상을 떠났다. 20년. 그 세월이야말로 그녀의 인생에서 비교적 고요하고 평온했던 시간이었다. 비교적,이라고 말하는 이유는 지금부터 이야기하려는 바로 그 사건 때문이다. 그 일이 없었다면 그녀의 노년은 정말로 완전히 고요했으리라.

소녀는 열다섯 살이었다. 소녀는 옷감을 맡기러 옹주의 집에 처음 왔다. 이후 심부름을 하러 종종 들렀고, 나중에는 혼자 찾아오기 시작했다. 소녀는 옹

주를 좋아했다. 옹주도 소녀를 좋아했다. 소녀는 말
이 없었고 어른스러웠다. 어느 순간, 옹주는 소녀의
몸에 멍 자국이 많다는 걸 알게 되었다. 집에 들어가
기 싫어서 자신을 찾아온다는 것도 알게 되었다. 옹
주는 모른 척했다. 소녀도 말하지 않았다. 대신 바느
질을 가르쳐달라고 했다. 옹주는 가르쳤고, 소녀는
배웠다. 옹주는 절대 소녀의 손등을 때리지 않았다.

그날, 소녀가 밤에 옹주를 찾아왔다. 울고 있었다.

옹주는 무슨 일이 있었는지 짐작할 수 있었다. 소
녀는 옹주의 집에 있고 싶다고 말했다. 옹주는 소녀
를 내려다보다 안 된다고 대답했다. 옹주는 이제 남
의 일에 휘말리는 일이 지긋지긋했고, 두려웠고, 어
쨌든 마을 사람들의 배려 덕에 노년을 편히 보내고
있다는 걸 알고 있었다. 문득 그 순간 옹주는 그녀
들을 이해했다. 그러니까, 어머니와 자신을 죽이고
싶어 했다던 후궁들, 어떻게든 잊히지 않으려 노력
했던 그 여인들. 그녀는 무언가를 거스르고 싶지 않

았다.

소녀는 애원하지 않았다. 이해하는 것 같았다. 거절을 받아들였고 돌아섰다. 옹주는 문을 닫았다. 그날, 소녀는 실종되었다. 다시는 마을로 돌아오지 않았다. 그런 일이 있었다.

그러나 이 사건을 말하려는 게 아니다.

사건은 바로 이것이다. 죽기 얼마 전에 옹주는 인터뷰를 했다. 당신이 조선 왕실의 마지막 옹주가 맞느냐는 질문에 그녀는 고개를 저었다. 오랜만의 질문이었는데 그녀는 빙그레 웃으며 아무 말도 안 했다. 그런데 기자가 조금 짓궂었던 모양이다. 그녀는 옹주를 가만히 바라보다 물었다. 당신은 스스로를 어떤 사람으로 생각하느냐고.

이후 기사는 이렇게 나갔다.

그녀는 대답하지 않았다. 그러나 그녀는 평온하고 현명해 보였다. 그녀의 눈동자에는 한 단어

로 정리할 수 없는 깊은 세월과 역사의 흔적이 있
었다. 조용하던 그녀는 낮고 겸손한 목소리로 중
얼거리듯 말했다. 나는 아무도 아닙니다. 그녀는
겸손했다.

아니다. 사실 그 질문을 받은 순간, 그녀는 당황
했다. 단 한 번도 생각해본 적 없는 문제였다. 사람
들은 그녀에게 늘 신분이나 이름을 물었지, 그녀가
스스로를 어떻게 생각하는지는 묻지 않았다. 때문
에 그녀는 자신이 누구인지 말하기보다, 나는 누구
도 아니라는 말을 더 많이 하며 살았다. 어떻게 대답
해야 할지 몰라 당황한 가운데, 왜인지는 모르겠지
만, 옹주는 그 소녀를 떠올렸다. 조용하고 어른스럽
던 아이, 자주 울던 아이, 바느질을 배우고 싶어 했
던 아이.

그 아이의 이름은…….

소녀는 손끝이 야무졌고, 가르치는 것들을 금세

습득했다. 옹주와 달랐던 것이다. 옹주 역시 자신의 어머니와는 다른 말들을 했다. 잘하고 있다. 계속 그렇게 해라. 더 잘할 수 있다. 소녀는 즐거워했고, 옹주는 소녀의 표정을 보는 일이 좋았다. 그러던 어느 날, 소녀는 바느질을 하며 옹주에게 말했다.

"이렇게 계속 배우면 저도 할머니처럼 될 수 있겠죠? 어서 빨리 그렇게 되고 싶어요."

옹주는 대답하려 했다. 얼마든지 그럴 수 있다고, 그렇게 될 거라고. 그런데 불쑥 그 말이 툭, 튀어나오고 말았다.

"겨우 그 정도로는 소용없다."

왜였을까.

그날 그 순간, 그녀가 떠올린 건 그때 자신을 바라보던 소녀의 표정이었다. 왜였을까. 알 수 없는 일이었다. 죽을 때까지 그녀는 이유를 알지 못했다. 다만, 나쁜 일이 벌어질 것 같은 기분이 들 때면 늘 그랬듯, 그 순간 기자를 바라보며 가만히 중얼거렸을 뿐이다.

"나는 아무도 아닙니다."

*

너희 글 잘 읽었어. 매우 인상적이었어. 같은 소재
로, 같은 이야기를 쓴다는 게 이렇게 어려운 일인지
몰랐어. 그래서 다른 아이들 몇 명과 마찬가지로 나
는 글을 쓰지 않기로 결정했어. 대신, 너희의 글을 읽
고 생각한 걸 말하고 싶어. 처음에는 솔직히 누가 썼
는지 쉽게 구분할 수 있을 거라고 생각했어. 우리는
매일 함께 있고, 서로에 대해 잘 알잖아. 나는 그렇
게 생각하거든. 하지만 글을 읽으면 읽을수록 누가
뭘 썼는지 확신할 수 없었어. 동시에 왜 좋은지도 설
명할 수가 없었어. 나쁜 점도 포함해서 말이야. 그냥
내 능력 부족이겠지. 이런 감상문을 써본 적이 없기

도 했고.

　그래서 나는 도서관에 가서 이런저런 책들을 찾아 보았어. 비평에 관한 글을 말이야. 하지만 무슨 말인지 전혀 알 수 없었지. 그리고 앞으로 내 삶은 그런 글을 읽고 쓰는 것과는 전혀 관계가 없으리라는 예감이 들었어. 그런 글을 읽고 이해하는 사람들은, 아마 세상의 일부일 거야. 그 세계에서 무슨 일이 벌어지든 내 삶에는 어떤 영향도 없을 거야. 그렇지? 그리고 반대로, 내 세계에서 일어나는 일들 역시 그 세계에서는 의미가 없겠지. 이미 너희와 나는 다른 세계에 살고 있는 것인지도 모르겠다. 하지만 내가 너희 글을 읽는 건…… 모르겠어. 그 세계들이 만나는 일 같다고 느껴졌어. 어떤 질문을 받은 것 같았지. 그렇다면 나는 어떻게 대답해야 할까. 계속 고민했어. 나는 너희처럼 글을 쓰지 못하고, 관심도 없어. 하지만 너희는 내 이야기가 듣고 싶다고 말하지. 그렇다면, 그냥 내 방식대로 말하는 것이 옳은 일이 아닐까. 그래서 이렇게 감상문을 쓰기로 한 거야. 하지만 여전히 회의는 들어. 이게 너희에게 도움이 될까? 왜냐하면 너희는 도움을 받고 싶어 하잖아. 더 나은 글을 쓰고 싶어 하지. 그런데 내 감상은 너무 개인적이어서, 도움이 안 될 것 같거든. 하지만…… 이게 내 세계에서 말하는 방식이야.

그래서 이야기할게.

너희의 주인공들. 두 여자. 그들은 더 나은 삶을 원해. 그게 뭔지는 모르겠어. 하지만 그들은 계속 뭔가를 원해. 그래서 글을 쓰고, 서로를 의식해. 그들은 주어진 것들에 결코 만족하지 못하는 사람들이야. 그래서 계속 새로운 이야기를 쓰는 것 같아. 지금 자신과 다른 이야기. 새로운 이야기. 그런데 심지어 그들의 이야기 속에서조차, 그러니까 그들이 만들어낸 주인공들조차 뭔가를 원해. 계속 바라지. 자신이 있는 곳을 떠나고 싶어 하고, 과거든 현재든 스스로를 지우고 싶어 해. 그 마음이 말이야, 너무 명확하게 느껴졌어. 아니, 보였어. 마치 그 부분만 툭 불거져 나와 있는 것 같았지. 그 마음이 너무 뚜렷해서 다른 것들이 잘 보이지 않을 지경이었어. 이렇게 읽어도 되는 걸까? 이렇게 개인적으로 받아들여도 되는 걸까? 나는 혼란스러웠어. 너무 내 것이라서 있는 그대로 느껴지는 어떤 마음 때문에, 나는 너희의 글을 제대로 읽을 수 없었어. 하지만 그것이 지금의 내 마음이라면, 나는 이걸 있는 그대로 써야 한다고 생각했어. 이 방식으로 우리가, 몰랐던 마음들이 만난다면, 그것으로 나는 새로운 것을 알 수 있게 되겠지.

그리고 새로운 것을 읽을 수 있겠지.

다락

재수술을 하기로 했다. 통증이 사라지지 않았기 때문이다. 입원 수속은 전과 같았다. 나는 서류에 사인을 하고 병실에 들어갔다. 간호사가 내 손등에 링거 바늘을 찔러 넣었다. 주사기 안에 엷은 핏물이 비친다 싶더니 이내 맑아졌고, 수액이 몸속으로 빨려 들어갔다.

아침 식사 시간이었다. 길게 드리워진 침대 커튼 너머, 그릇에 숟가락이 부딪히는 소리가 계속 들려왔다. 옆에서, 앞에서, 옆의 옆에서. 이전 병실은 909호였다. 나는 그때 옆 침대를 썼던 지우를 떠올렸다. 6인실 병실에서 나와 유일하게 대화를 나눴던 사람이다. 특별한 이유는 없었다. 옆자리였고, 그녀가 먼저 말을 걸어왔다. 그러나 그녀는 나와 한참 대화를 나누다가도 식사 시간이 되면 다시 커튼을 쳤다. 나는 서운해하지 않았다. 어차피 나는 며칠이면 퇴원할 것이고, 우리는 더 볼 일이 없을 테니.

그때 나는 몰랐다. 그녀가 치아와 잇몸이 불편한 탓에 음식을 먹을 때 얼굴이 일그러진다는 사실을. 누구에게도 그 얼굴을 보이고 싶지 않아 항상 커튼을 닫아버린다는 사실을.

병원은 중구에서 매우 큰 의료기관 중 하나로 내가 다닌 대학교 건물 옆에 있었다. 오르막길을 하나 두고 양 기관이 나란히 서 있었다. 그러나 사실 각각의 정문은 그곳에서 한참 떨어진 곳에 있었다. 그러니까, 여기는 시작점이라기보다 두 기관이 어쩌다 보니 서로 마주 보게 된 지점이라는 쪽이 더 정확한 표현이었다. 조금만 가까이 오면 금세 알아차릴 수 있었다. 특히 학교가 그랬다. 학교의 첫 건물 앞에 다다르자마자 목격하는 건, 뒤편에서 저 높은 곳까지 연결되어 있는 긴 계단들이었으니까. 계단을 다 오르기 전에는 절대 학교에 들어갈 수 없다는 걸 단번에 알 수 있었다. 병원은 달랐다. ㅈ병원이라는 간판이 붙은 5층짜리 건물 하나가 길 한쪽을 듬직하게 막아서고 있었다. 단단한 건물은 그 자체로 완전해 보였고, 병원의 전부처럼 느껴졌다. 하지만 사실 그 건물은 응급실이었다. 안쪽에 연결된 통로를 따라 쭉 걸어가면 나오는 높은 원형 건물이 바로 본관이었다. 거기서부터가 진짜 병원이었다.

그러나 병원에서 가장 눈길을 끄는 장소는 이 본관도 아니었다. 양옆을 둥글게 에워싸고 있는 똑같은 형태의 다른 건물들도 아니었다. 바로 정문 앞 정원 한가운데 있는 원형의 분수대였다. 호수처럼 찰랑거리는 물결 한가운데 큼지막한 바위가 놓여 있는데, 그 주변에서 높은 물줄기가 계속 솟아 나왔다. 세심하게 만들어졌지만 분명 꽤 오래되어 보이는 이 조형물은 한때 병원이 대기업의 투자를 받으면서 만들어졌다. 기업이 좋은 의료진을 데리고 온 덕에 병원은 이름을 얻었다. 얼마 후, 기업은 경영에서 손을 뗐지만 이후에도 병원은 나름대로 명성을 유지했다. 지금도 그렇다. 깨끗하고 성실하게 훌륭한 치료를 하는 병원.

어젯밤, 한 여자가 그 정원에서 발견되었다. 분수에 고개를 처박은 채.

"그래서 그 여자는 누구야?"

내가 침대에 눕자마자 커튼 너머에서 목소리가 들려왔다. 내게 묻는 말인가 싶어 고개를 돌렸더니 다른 목소리가 들렸다.

"몰라, 환자 아니면 여기 직원이겠지."

목소리가 비슷해서 잘 분간이 되지 않았다. 옆에서, 옆에서 그리고 또 옆에서. 나는 가만가만 울리는 목소리를 들었다. 정신병동에서 탈출하다 잡힌 거 아니야? 하지만 이 병원에는 정신과가 없다. 대기업이 운영에서 손을 뗀 뒤, 병원은 종합 의료기관이던 규모를 축소했다. 성과가 좋았던 진료과에 집중하는 쪽으로 운영 방식을 바꿔 여성 전문 병원이 되었다. 임신, 출산, 여성 암, 그 밖의 복잡한 여성 질환들을 세심하고 꼼꼼하게 치료했다. 병원은 그렇게 이름을 지켰다.

무슨 소리야. 여기는 정신과 없어. 단호한 목소리가 끼어들었다. 아마 그렇고 그런 여자겠지.

소리는 대각선 방향에 있는 침대에서 들려왔다. 그 여자는 계속 말했다.

여기는 지정된 병원이잖아. 사고 난 여자들이 오는 곳이라고. 강간당하고 두들겨 맞은 여자들이 진단서를 받으러 오는 곳이라고. 그런 여자들만 가는 병동이 다락에 있는 거 몰라? 여자는 덧붙여 중얼거렸다. 이 병원은 그렇게 살아남았다고. 주위가 조용해졌다.

날카로운 목소리가 침묵을 깼다. 납득할 수 없다

는 말투였다. 거짓말, 나는 그런 이야기를 들어본 적이 없어. 그러자 다소 새된 목소리가 이어졌다. 네가 몰랐던 거겠지. 그 여자는 바로 그런 사람일 거야. 분명해. 남자가 쫓아와서 끝장을 낸 거라고.

또 다른 목소리가 끼어들었다. 침울하고 은밀했다.

그런데 남자인 줄은 어떻게 알아?

아무 응답이 없었다. 나는 상체를 조금 들어 올렸다. 소리가 나는 쪽으로 귀를 기울였다. 다시 목소리가 들려왔다.

그 남자를 봤어?

그 순간, 내 커튼이 확 걷혔다. 간호사였다. 수술실에 갈 시간이라고 했다. 나는 침대에서 내려오며 주위를 슬쩍 둘러봤다. 조금 전까지 들려오던 목소리들은 어느새 잠잠해져 있었다. 마치 해서는 안 될 말을 했다는 듯 완전히 숨어버렸다. 하얀 커튼 뒤로 그림자들이 느릿느릿 움직이는 모습만 얼핏 보일 뿐이었다.

병실을 나오며 나는 간호사에게 물었다.

"혹시 한 달 전에 909호에 있던 환자들은 다 퇴원했나요?"

간호사는 고개를 갸웃거리며 잠깐 생각에 잠기더니, 거의 그랬을 거라고 대답했다. 그러면서 되물었다.

"찾으시는 분 있으세요?"

나는 대답했다. "김지우 환자요."

간호사가 어색한 미소를 지었다. 기억이 안 나서 그러는 건지, 아니면 모른 척하는 건지 알 수 없었다. 나는 지우의 생김새를 말해볼까 잠시 고민했다. 나와 비슷한 160센티미터 언저리의 키에 동그란 얼굴, 단발머리, 그리고 안경을 썼다. 하지만 병원에 그런 생김새의 여성 환자는 차고 넘칠 것이다. 나중에 퇴원 기록을 알아보면 되겠지 싶으면서도, 이상하게 마음이 조급했다. 의심이 들었던 것이다. 분수대에서 끝장이 난 여자. 정원에 쓰러져 있던 여자. 혹시,

지우가 아닐까. 나는 고민 끝에 이야기를 꺼냈다.

"그 환자예요. 909호. 밤에 남자친구가 찾아왔던 그 환자 있잖아요."

내 말이 끝나기도 전에 간호사가 활짝 미소를 띠며 쾌활하게 대답했다.

"아, 그 환자요. 한참 전에 퇴원하셨어요."

살짝 조여졌던 마음이 부드럽게 풀어졌다. 다행이라는 생각이 들었다. 그사이 우리는 대기실로 올라가는 엘리베이터 안에 들어와 있었다. 수술실 침대에 눕는 데까지도 얼마 걸리지 않았다. 주치의가 들어와 내게 미소를 보냈다. 이번에는 괜찮을 거라고 했다. 나는 믿지 않았지만, 그렇다고 해서 내게 다른 방도가 있는 건 아니었기에 고개를 끄덕였다.

내가 입원한 지 사흘쯤 되던 날, 지우는 병원에서 남자친구에게 두들겨 맞았다. 내가 발견했다. 한밤중에 우당탕 소리가 나서 놀라 깨어보니 지우가 바닥에 떨어져 있었다. 남자의 커다란 발이 지우의 얼굴을 세게 짓누르고 있었다. 나는 간호사를 호출했다. 누가 봐도 명백한 상황이었지만, 지우는 자기 실수로 바닥에 떨어졌다고 말했다. 그래서 남자친구가 얼떨결에 자신을 밟은 거라고 말이다. 얼굴이 퉁퉁 부은 탓에 잘 벌어지지 않는 입을 열심히 움직여가며 그녀는 자신의 보호자를 그렇게 변호했다. 계속 그렇게 우겼기 때문에 병원에서는 무언가를 더 할 수 없었다.

저릿한 통증이 온몸의 신경을 타고 움직이는 게 느껴졌다. 나는 눈을 떴다. 괜찮으냐는 목소리가 들렸다. 간호사였다. 그녀는 내가 말을 알아듣는지 확인해가며 계속 질문했다. 무슨 수술 받으셨죠? 통증은 어느 정도죠? 이름이 뭐예요? 주치의 선생님은 누구죠? 질문이 끝나자 나는 침대에 눕혀진 채 어딘가로 이동했다. 깨었다 잠들었다 반복했다. 그러다 완전히 깨어나니 내 침대였다. 나는 간호사에게 물었다.

"이제 끝난 건가요?"

간호사가 싱긋 웃으며 대답했다.

"지켜봐야죠. 많이 걸으셔야 해요."

나는 저녁 식사 후부터 걷기 시작했다. 링거대를 잡고 아주 천천히 복도를 걸었다. 한 걸음 뗄 때마다 수술 부위가 욱신거렸다. 병 때문에 느껴지던 통증은 잠잠했다. 이제 정말 사라진 걸까. 그러나 나는 기대하지 않으려 노력했다. 사라졌다고 생각할 때마다 통증은 늘 되돌아왔고, 그때마다 여태껏 노력한 것들이 다 쓸모없어지는 기분을 느꼈다. 다시 시작하려는 마음을 먹는 일이 통증을 견디는 것만큼 힘들었다.

병원은 하루를 일찍 접는다. 복도에 앉아 쉬고 있는데 건물의 불이 슬슬 꺼져가는 것이 보였다. 나는 세 바퀴만 더 걷자고 생각하며 다시 일어났다. 병실로 돌아가면 바로 잠들 수 있겠지. 그러다 문득, 어차피 걷기 시작한 김에 이전 병실에 다녀오자 싶었다. 이 복도를 세 번이나 빙글빙글 도는 것보다 덜 지루할 것이다. 그냥 한번 가보고 싶었다.

경사로에 오르자 아랫배가 살짝 욱신거렸다. 병원 각 층은 계단과 완만한 경사로를 통해 한 줄로 연결되어 있었다. 길고 굵은 뱀이 빙글빙글 똬리를 틀고 있는 것 같았다. 내 상상은 아니었다. 지우의 이야기였다. 우리는 한 건물에 갇혀 있다시피 했고, 매일이 지루했기에 그런 쓸데없는 상상을 이야기하며 시간을 보냈다. 그녀는 꼭대기 층에 대한 이야기도 자주 지어내 들려줬다.

"언니, 다락에는 엄청 큰 냉장고가 있어. 남편이 죽인 부인 시체만 모아놓은 곳이야. 미친년들 가둬놓은 곳도 있어. 다들 묶인 채로 계속 소리를 지른대. 절대 안 풀어줘. 걔들이 밖에 나가면 다른 여자들도 같이 미치게 만들거든."

공포 영화에서 흔히 봤을 법한 이야기였지만, 지

우가 말하면 훨씬 재미있었다. 그런 이야기를 할 때 지우는 신랄하고 냉소적이었다. 침대 아래 찌그러져 있던 모습과 무척 달랐다. 그녀는 가차 없이 다음 장면을 꾸며냈고, 나는 언제 무슨 일이 벌어질지 모르는 드라마를 보는 것처럼 긴장이 되었다.

지우가 그런 이야기를 하는 데는 이유가 있었다. 다락은 병원의 꼭대기 층으로 직원들만 출입하는 통제구역이었다. 환자들 중 실제로 가본 사람은 없었다. 물품 창고라는 말도 있었고, 특별 환자들을 위한 수술실이 있다는 소문도 있었지만 가장 흔히 믿는 이야기는 이거였다. 병실의 여자들이 수군거린 것처럼 그런 여자들만 모아 치료하는 장소라는 것. 병원 이미지 때문에 비밀에 부친다고 했다. 소문을 비웃는 말이 당연히 나왔다. 그런 여자들이 이 세상에 그렇게 많겠어? 게다가 한 병동에 그런 여자들만 모여 있다는 건 비현실적이지 않아?

우리가 지냈던 909호는 건물 꼭대기 층의 바로 아

래인 15층이었기에, 다락으로 자주 오해를 받았다. 다락으로 올라가는 전용 엘리베이터와 비상구가 있다는 걸 모르는 사람들 때문이었다. 가끔 우리 층 복도를 힐끔거리며 돌아다니는 사람들을 볼 수 있었다. 지우는 그 사람들 앞에서 장난을 쳤다. 가슴을 붙잡고 절룩거리며 걷다가 그 사람과 일부러 눈을 마주치고 겁먹은 표정을 짓는 거였다. 반응은 다양했다. 당황해서 미안하다며 자리를 피하거나, 재수 없다고 욕하거나, 지우를 못 본 듯 그대로 지나치거나, 아니면 병실까지 친절하게 데려다주거나. 한번은 지우가 돈을 받은 적이 있었다. 남자였는데, 그녀와 눈이 마주치자마자 사연 있어 보이는 표정을 짓더니 주머니에서 만 원을 꺼내 건넸다고 했다. 우리는 그걸로 사흘 내내 음료수를 뽑아 마셨다. 지우는 돈을 건네던 그의 표정이 무척 대단했다며 한참 웃었다. 남자친구가 생각난다고 했다. 그녀의 남자친구는 사람들 앞에서 대문 앞으로 찾아오는 길고양이 이야기를 자주 했다. 매일 밥을 챙겨주는데, 그래서 고양이가 가족처럼 느껴진다고 말했다. 그녀가 찾아오면 소개시켜주겠다고도 했다. 그의 집에 놀러 갔던 날, 그가 고양이에게 밥을 주고 있을 때 그녀는 슬쩍 문 앞으로 걸어 나갔다. 고양이에게 인사를 하고 싶었다. 그러나 낯선 사람에게 놀랐는지, 고양이는 소리를 지르며 그의 주위를 정신없이 뛰어다니더니 옆집 담벼락 너머로 도망쳤다. 그 바람에 고양이 밥그릇이 엎어지고 그의 바지가 조금 찢어졌다. 남자친구는 네가 갑자기 나타나서 고양이가 놀랐다고, 그래서 밥도 다 못 먹고 갔다며 지우를 때렸다. 나는 그 이야기를 가만히 듣고 있었다. 그러자 지우는 이 이야기를 하면 대부분 어떻게 그런 사람을 만날 수 있냐며 불쌍해하거나 한심하게 여겼는데, 나는 아무 말 안 해서 좋다고 했다. 그리고 덧붙였다.

"그 마음이 뭔지 언니도 아는 거겠지."

나는 웃었다. 그런가, 나도 알고 있는 건가. 모르

면 이런 마음을 가질 수 없는 걸까.

909호에 도착했다. 이전 내 침대에는 당연히 누군
가가 있었다. 벌써 잠들었는지, 코 고는 소리가 들렸
다. 나는 지우의 자리였던 옆 침대를 바라보았다. 그
곳에도 이미 누군가가 있었다. 커튼이 쳐 있어서 얼
굴은 볼 수 없었다. 이전과 같았고, 지금의 내 병실
과도 같았다. 문득 지우랑 주고받은 그 실없는 이야
기들이 생각났다. 마음 한쪽이 진흙덩이처럼 뭉개졌
다. 헤어질 때 우리는 연락처를 주고받지 않았다. 우
리는 아팠고, 병원에서는 당연한 그 사실이 밖에서
는 아니었다. 건강하지 않다는 사실은 나 자신을 쓸
모없다고 느끼게 했다. 다른 사람들이 내 문제를 아
는 것도 편치 않았다. 누군가는 불쌍하다는 말을 쉽
게 했고, 또 누군가는 삶이란 어쩔 수 없다는 식의
소리를 지껄였다. 그러면서도 어쨌든 자신들은 그
런 일을 겪지 않아 다행이라고 느끼는 것이 눈에 보

였다. 이런 마음을 한번 품기 시작하면 벗어나기 힘들었다. 사실이 아니라는 걸 알 때도 그랬다. 때문에 가능한 한 아프다는 사실을 잊고 사는 편이 좋았다. 통증 때문에 불가능한 일이었지만, 적어도 노력은 해야 했다. 그래서 밖에서 지우를 만나는 일은 생각조차 안 했다. 그녀도 그랬을 것이다. 비슷한 이유로 서로를 알게 되었다는 사실 자체가, 우리에게는 이미 고통스러운 일이었다. 이런 일은 가능하면 겪지 않는 편이 좋았다. 우리는 시련이 삶을 더 단단하게 만들어준다는 말을 믿지 않았다. 그 말은 미신과 다를 바 없었다. 아무리 없애려 애써도 매번 다시 나타나는 거미를 내몰 방법이 없으니, 그냥 행운을 가져다준다고 생각하며 함께 사는 것. 지네를 영험한 동물이라고 믿고 사는 바로 그런 것처럼.

그러나 지우가 이곳을 벗어났다면 다행이다. 돌아가자. 나는 몸을 돌렸다. 그때 침대 바깥쪽에 붙은 환자 카드가 눈에 들어왔다. '김지우, 28세, 여.'

나는 황급히 커튼을 걷었다. 두꺼운 수건, 파란색 이어폰, 머리핀, 젖은 손수건이 침대 위에 놓여 있었다. 모두 그녀의 물건이었다. 나는 곧장 바깥의 중앙 데스크로 걸어갔다.

간호사에게 물었다.

"909호 김지우 환자 퇴원한 거 맞나요?"

그러자 뒤에 앉아 있던 다른 간호사가 일어나 병실 쪽으로 걸어갔다. 그녀를 따라 시선을 옮기는데, 앞에 앉은 간호사가 나를 불렀다.

"네, 그 환자분, 지난달에 퇴원했어요."

나는 따지듯 물었다.

"물건이랑 환자 카드가 그대로 있던데요?"

간호사가 싱긋 웃으며 대답했다.

"잘못 보신 거 아닐까요?"

내가 아니라고 말하자 간호사가 확인해보겠다며 자리에서 일어났다. 나는 병실로 뒤따라갔다. 그런데 침대는 비어 있었고, 이름표도 없었다. 조금 전 병실로 들어간 간호사가 생각났다. 하지만 따져 물을 수 없었다. 내가 불리했다.

"오늘 수술하셨죠? 마취약이 아직 몸에 남아 있으면 그럴 수도 있어요."

나는 조용히 병실로 돌아왔다. 불이 꺼져 있었다. 침대에 누워 생각했다. 이상하다. 내가 잘못 본 걸까. 하지만 여전히 생생했다. 축축한 손수건 때문에 침대 시트가 살짝 젖어 있는 모습까지 봤는데, 정말 착각일까. 지우는 항상 손수건을 물에 적셔두곤 했다. 병실이 건조해서였다. 그러나 침대 옆에 걸어두었지, 시트 위에 올려놓지는 않았다. 정말로 내 기억 때문에 헛것이 보인 거라면, 그때 봤던 모습 그대로 떠올라야 하는 것 아닐까. 젖은 수건, 젖은 시트. 순식간에 비워진 침대. 이건 한 번도 본 적 없는 풍경이었다.

잠이 오지 않았다. 시간이 얼마나 지났을까. 문득, 어둠 속에서 낮게 수군대는 소리가 들려왔다. 웅얼

거려서 잘 들리지 않았지만, 중간중간 분수대, 남자, 여자, 이런 단어들이 들려왔다. 나는 벌떡 일어났다. 소리를 따라 고개를 움직였다. 아침과 마찬가지로 이번에도 건너편에서 들려오는 소리였다. 나는 그 침대 앞으로 걸어갔다. 손으로 조심스레 커튼을 쥐고서 조용히 물었다.

"저기요."

한참 뒤에 말이 돌아왔다.

"네."

"뭐 좀 여쭤보고 싶은데요."

"하지 마요."

"네?"

"지금 커튼 잡고 흔드는 거 하지 말라구요."

알고 보니 나도 모르게 손을 떨고 있었다. 나는 반 발짝 물러섰다. 그리고 다시 물었다.

"혹시 오전에 말한 그 사고당한 여자 말이에요."

상대는 답이 없었다. 나는 다시 물었다.

"그 여자분 보셨어요?"

"왜요?"

여자는 나를 의심스럽게 여기는 듯한 말투로 조용히 반문했다.

"제가 아는 사람 같아서요. 보셨나요? 혹시 안경을 쓰고 있었나요?"

여자는 답이 없었다. 짜증이 솟구쳤다. 그 순간, 통증도 함께 밀려왔다. 깊은 곳에서부터 전기가 통하듯, 찌릿찌릿한 느낌이 순식간에 몸 한가운데를 관통했다. 몸 안이 찢어지는 기분이 들었다. 나는 떨리는 손으로 커튼을 잡았다.

"이봐요. 그렇게 하지 말라니까요."

여자가 다시 말했다.

그러나 나는 손을 놓지 않았다. 인상을 쓰고 몸을 움츠린 채, 통증이 지나가기를 기다렸다. 그랬다. 이번에도 실패한 것이다. 그간 나는 할 수 있는 걸 다 했다. 식이요법, 약물 치료, 운동. 그러나 병은 낫지 않았고 끝내 수술을 받았지만 그것마저 소용없었다. 그래서 재수술을 받은 건데, 또다시 이렇게 통증이 밀려왔다. 나는 알 수 있었다. 이건 수술 부위가 아직 덜 아물어 오는 통증이 아니었다. 여전히 내게 남아 있는 어떤 병이, 몸 안의 신경들을 갉아먹으며 튀어나오는 통증이었다. 나는 왜 이렇게 되었을까. 어쩌다 이렇게 되었을까. 화가 치밀어 올랐다. 그때, 지우의 남자친구 얼굴이 떠올랐다. 커다란 키에 선이 분명한 얼굴. 깔끔하고 순해 보이던 남자.

내가 그를 신고했던 날 밤. 그는 내 침대 커튼 바깥에서 조용히 말했다.

"좋은 친구 사귀었네. 다행이다."

그리고 퍽, 하는 소리가 들렸다. 지우가 신음 소리를 냈다. 비명을 참는 것이 느껴졌다.

나는 커튼을 더 세게 부여잡았다. 침대의 여자가 불안해하는 것이 느껴졌다. 나는 물러서지 않았다. 계속 말했다. 무언가 본 것이 있다면 말해달라고, 내게 중요한 일이라고. 어제 무슨 일이 있었는지, 누구를 봤는지. 나는 쉬지 않고 캐물었다. 여자가 짜증스러운 목소리로 대꾸했다.

"몰라요. 나는 실려 가는 것만 봤어요."

"어디로요?"

"어디겠어요."

결국 나는 참지 못하고 커튼을 옆으로 확 잡아당겼다. 순간, 퉁퉁 부은 손이 불쑥 튀어나오더니 내 손을 막았다. 커튼은 반쯤 걷히다 말았다. 안경을 쓴 옆얼굴이 아주 살짝 드러났다. 그 상태에서 여자가 말했다.

"다락이요. 알잖아요." 그리고 덧붙였다. "여자는 단발머리였어요. 그것만 봤어요."

일단 909호에 다시 가봐야겠다는 생각에 15층을 눌렀다. 어차피 16층은 이 엘리베이터로 갈 수 없었다. 그런 소문이 있었다. 두 여자가 함께 놀러 나갔다가 클럽에서 지갑과 외투를 도둑맞았다. 돌아가기는 해야 하는데 막차도 끊기고 돈도 없었다. 사정을 딱하게 여겼는지, 두 남자가 차로 데려다주겠다고 했다. 몇 시간 후, 그들은 응급차에 실려 ᄌ병원으로 왔다. 그날따라 응급실에 사람이 많았다. 학교 축제 기간이었다. 술 먹고 다친 학생들이 잔뜩 몰려와 있었다. 원래대로라면 응급실에서 조치를 취한 뒤 이동했을 텐데, 당직 의사는 두 여자를 보자마자 다락으로 올려 보냈다. 긴급 환자들을 위한 수술실과 중환자실이 있다고 했다. 그리고 수술 후 안정을 취해야 한다는 말에 가족들은 꼬박 하루를 기다렸다. 그리고 두 사람이 일반 병동으로 내려와 정신을 차렸을 때, 약혼자는 물었다.

"무슨 일이 있었던 거야?"

약혼녀의 친구가 먼저 대답했다.

"교통사고였어. 운이 나빴어."

두 사람 모두 산부인과 협진이 필요한 상처를 입

었다. 그래서 급히 ㅈ병원으로 옮겨졌다. 그는 약혼녀를 바라보며 다시 물었다. "무슨 일이 있었어?" 약혼녀는 아무 일 없었다는 뜻으로 고개를 가로저었다. 그는 뭐라 설명할 수 없는 표정으로 자신의 약혼녀를 내려다보았고, 밤새 자리를 지켰다. 그리고 다음 날 또 물었다. "무슨 일이 있었어?" 약혼녀는 이번에도 고개를 저었다. 그는 다락으로 가는 엘리베이터에 몰래 탔다. 16층에서 내렸다.

폐쇄된 병동이었다. 바닥에 먼지가 가득 쌓여 있었다. 한 걸음 내디딜 때마다 먼지가 꽃가루처럼 날렸다. 얼마나 건조한지 피부가 갈라질 것 같았다. 병실 문은 모두 잠겨 있었다. 그는 조심스레 주변을 살피며 앞으로 나아갔다. 저 멀리 복도 끝에서 무슨 소리가 들려왔다. 닫힌 문틈으로 빛이 새어 들어왔다. 그는 달려가 문고리를 잡았다. 열리지 않았다. 귀를 가져다 댔다. 그건 울음소리였다. 흐느낌이었다. 서럽고 고통스러운 마음. 그는 문고리를 꼭 잡은 채 한참 동안 그대로 서 있었다. 그리고 돌아오자 마자 약혼녀에게 물었다. "무슨 일이 있었어?" 약혼녀는 결국 짜증을 냈다. "그만 물어봐. 언제까지 이럴 거야?" 그는 화를 냈다. "무슨 일이 있었잖아. 그러지 않고서 네가 다락에 갈 리가 없어. 그런 여자가 아니면 누구도 저런 곳에 가지 않아." 그리고 덧붙였다. "말해봐. 원래 문제가 있었지? 처음부터 그런 거지?"

엘리베이터가 멈췄다. 나는 내리자마자 중앙 로비를 살폈다. 저녁에 만났던 간호사들은 보이지 않았다. 교대하고 퇴근한 모양이었다. 나는 천천히 걸었다. 링거대가 구르며 자꾸 소리를 냈다. 손등에서 바늘을 뺐다. 아릿한 통증이 느껴졌다. 나는 주변을 살폈다. 다락으로 올라가야 했다. 하지만 어떻게? 남자의 이야기는 소문에 불과했다. 그리고 사실이라해도 과장된 무용담에 가까웠다. 직원 전용 엘리베이터를 타는 곳은 유리벽으로 분리되어 있었고, 그

곳을 통과하려면 직원증이 있어야 했다. 감시 카메라도 사방에 달려 있었다. 이전에 지우와 나는 어떻게 하면 다락으로 올라갈 수 있을지 궁리했다. 한번은 지우가 그랬다. 그냥 경사로로 올라가면 되지 않을까? 16층으로 연결되는 경사로에 자물쇠가 채워진 철문이 있었지만, 사용 안 한 지 꽤 되었다. 경비도 감시 카메라도 없었다. 열쇠가 문제였다. 그런데 우습게도, 지우와 나는 열쇠를 쉽게 찾았다. 간호사 책상 옆의 벽 쪽에 박힌 못에 얌전히 매달려 있던 것이다. 친절하게 이름표도 붙어 있었다. '16층 철문'. 거의 쓰는 일이 없다 보니 신경도 쓰지 않는 것 같았다. 우리는 그걸 발견하고 좋아했지만 훔쳐낼 생각은 안 했다. 다락에 대해 이야기하는 건 재밌었지만 딱히 가보고 싶지는 않았기 때문이다. 굳이 갈 필요는 없다고 생각했다. 그때 우리는 확인하고 싶은 것도, 알고 싶은 것도 없었다. 그러나 지금 나는 알아야 하는 것이 있었고, 그 열쇠가 필요했다. 어떻게 해야 할까. 생각해보니 내가 해결책을 제시한 적이 있었다. 병실의 호출 벨을 눌러 당직 간호사가 자리를 비운 순간 슬쩍하면 되는 것이다. 실제로 가능할까 싶었지만 어차피 밑져야 본전이었다. 나는 909호실로 들어갔다. 지우의 자리는 아직 비어 있었다. 나는 그 침대로 몰래 들어갔다. 조용히 주위를 살폈다. 지금 당장 간호사를 불러도 이상하지 않을 환자를 찾아야 했다.

그때 옆에서 소리가 들렸다. 이전에 내가 쓰던 침대에 있는 사람이었다.

"그 여자 발견했어?"

"네?"

나는 대답하며 바로 커튼을 걷었다. 단발머리에 안경을 쓴 젊은 여자와 눈이 마주쳤다. 여자는 다리에 깁스를 하고 있었다. 그녀는 나보다 더 깜짝 놀랐다. 그녀는 미안하다고, 자리 주인인 줄 알았다고 말했다. 나는 물었다.

"누구요. 지우요?"

하지만 여자는 지우 이름을 알아듣지 못했다. 나는 설명했다. 원래 이 자리 주인이라고. 그러자 여자는 심드렁하게 대답했다.

"주인이야 늘 바뀌는데 뭘……."

그러면서 자기는 대화만 몇 번 했을 뿐 이 침대 주인의 이름도 나이도 아무것도 모른다고 했다.

나는 물었다.

"그럼 발견했냐고 물은 여자는 누구예요? 혹시 분수대에서 발견된 여자를 말하는 건가요?"

여자는 고개를 끄덕였다. 그리고 속삭였다. 이 자리 주인이 어떤 여자가 다락으로 실려 올라가는 걸 목격했다고. 내려올 때까지 엘리베이터 앞에서 기다려봐야겠다고 말했다는 거였다. 소문이 진짜인지 확인해봐야겠다며.

"무슨 소문이요?"

"몰라요? 그 여자 말이에요. 허구한 날 입원했다

퇴원했다 병원 들락거리는 여자. 뭘 해도 병이 안 낫는다는 그 여자요."

여자는 이런 유의 이야기를 매우 좋아하는 것 같았다. 내가 가만히 듣고 있자 그녀는 목소리를 낮추더니 말을 이어나갔다.

그 여자는 심한 일을 당했다. 남자친구가 저지른 일이었다. 여자는 극복하려 노력했다. 그래야만 했다. 그와 헤어졌고 자신의 삶을 찾았다. 절대 그런 사람과의 기억에 지배당하지 않겠다고 생각했다. 그리고 병에 걸렸다는 걸 알았다. 의사들은 치료하면 낫는다고 했다. 병변은 사라졌지만 통증이 남았다. 신경통인지 압통인지 증상을 알 수 없는 통증이 간헐적으로 계속 이어졌다. 일상생활을 할 수 없을 정도였다. 여자는 병원이 제안하는 모든 치료를 다 해봤다. 그러나 낫지 않았다. 입원과 퇴원을 반복했다. 그러다 여자는 알았다. 찬물에 몸을 담그면 통증이 사라진다는 것을. 얼음을 가득 채운 욕조에 들어갔던 그녀는 또다시 병원으로 실려 왔다. 병원은 그녀의 체온을 올려놓았고, 통증은 다시 시작되었다. 그녀는 밤이 되면 간호사 몰래 화장실에 들어가 몸에 찬물을 끼얹었다. 몸이 차가워져야 괜찮다는 그녀의 주장을 들을 때마다 의사는 그건 잘못된 방법이라고 말했다. 그리고 다른 병원에 요청해 정신과 외래 상담을 받게 했다. 의사는 말했다. 마음을 편히 가지라고, 모든 병은 스트레스에서 온다고. 그리고 또 말했다. 이제 그를 잊어요. 당신 삶을 살아야죠. 노력해야 해요. 삶을 그냥 얻을 수는 없어요. 그러자 가만히 앉아 있던 그녀는 의사의 책상에 놓인 아이스커피를 집어 자신의 몸에 끼얹으며 말했다.

선생님. 그래서 지금 제가 노력하고 있잖아요. 내가 아프다고 하는 데는 여긴데, 다들 왜 딴소리만 해요?

"그러고 다락에서 도망친 거죠." 여자가 속삭였다. "차가운 분수에 들어가려고!"

"그걸 어떻게 알아요?" 나는 물었다.

여자가 황당하다는 듯 나를 바라보며 말했다.

"이걸 어떻게 몰라요?"

그녀의 시선이 부담스러웠다. 나는 눈길을 피했다. 왜 내가 알고 있을 거라고 이렇게까지 확신하는지 알 수 없었다.

나는 분수대의 여자가 내 친구일지도 모른다고 생각해서 물어본 거라고 조용히 덧붙였다. 여자의 얼굴에 호기심이 가득 피어올랐다. 성가셨다. 여자는 왜 이렇게 이 이야기를 좋아하는 것일까. 시간을 빼앗기고 있다는 생각이 들었다. 그러다 문득, 이 여자가 그 사건에 이토록 관심이 많다면 나를 도와줄 수 있을 것도 같았다. 나는 몸을 낮추고 여자에게 슬쩍 계획을 설명했다. 여자의 눈이 밝게 빛났다. 설득할 필요도 없었다. 그녀는 곧장 호출 버튼으로 손을 뻗으며 내게 미소를 보냈다. 아프다고 소리를 지르기 시작했다.

철문이 열리며 바닥을 긁는 소리가 났다. 나는 뒤를 돌아보았다. 아무도 쫓아오지 않았다. 걸음을 옮겼다. 16층으로 올라가는 경사로는 조금 가팔랐다. 수술 부위가 당기며 다시 욱신거렸다. 반층 정도 올라간 뒤 벽에 기대 쉬었다. 위쪽은 올라온 길보다 더 가팔랐다. 나는 심호흡을 한 뒤 걸음을 뗐다. 조금씩 걸어 나갔다. 위쪽에 문이 보였다.

문고리를 잡았다. 잠겨 있을지도 모른다고 생각했는데, 열려 있었다. 문을 열었다. 그러자 앞에 또 다른 문이 보였다. 그 앞으로 다가갔다. 열어보려는데 안쪽에서 무슨 소리가 들렸다. 귀를 가져갔다. 만일 이곳이 진짜 병동이라면 직원들이 바쁘게 돌아다닐 텐데 들키지 않고 움직일 수 있을까.

다시 소리가 들렸다. 가느다랗고 높은 톤의 목소리. 비명인가? 아니면 울음소리? 어디선가 들어본 익숙한 목소리였다. 나는 바깥에서 물었다.

"지우야?"

대답은 돌아오지 않았다. 내 목소리만 빈 경사로 위에서 울려 퍼질 뿐이었다. 문고리를 잡았다. 문은 역시 또 쉽게 열렸다. 나는 문을 밀어 열었다. 벽이 있었다. 막힌 곳인가. 하지만 어디선가 소리가 계속 들려왔다. 벽 앞으로 걸어갔다. 그러자 옆으로 길게 난 새로운 복도가 보였다. 작은 문들이 일정한 간격을 두고 양옆으로 늘어서 있었다. 나는 첫 번째 작은 문의 문고리를 잡아보았다. 잠겨 있었다. 그러다 복도 끝에 또 다른 문이 있는 걸 발견했다.

문틈으로 빛이 새어 나왔다. 나는 숨을 죽이고 귀를 기울였다. 소리는 바로 저 문 너머에서 들려오고 있었다. 앞으로 걸었다. 젖은 먼지 냄새가 훅, 밀려들었다. 뜨거운 물을 가득 받아놓은 욕실처럼 복도는 묵직한 습기로 가득했다. 눅눅하고 엷은 막이 피부에 달라붙는 느낌이었다. 나는 손끝으로 목덜미를 문질렀다. 물기를 잔뜩 머금은 피부는 금방이라도 문드러질 듯 부드러웠다.

세 번째 작은 문을 지날 때 소리가 들렸다.

손톱으로 칠판을 긁어대는 듯한 날카로운 비명이었다. 소리는 짧게 울리고는 금세 사라졌다. 그리고 다섯 번째 작은 문을 지나칠 때 또 들렸다.

이번 비명은 높고 길었다. 마치 신경을 통해 전해지는 통증처럼, 비명은 저편에서 이쪽으로 벽을 타고 천장으로 빠르게 이동하더니 순식간에 바닥으로 내려왔다. 발아래에서 비명이 들렸다. 발목과 종아리에 울림이 전해졌다. 난생처음 겪는 이상한 느낌에 덜컥 겁이 났다. 나는 빠르게 복도 끝으로 걸었다. 비명이 나를 따라왔다. 쫓기는 기분이었다. 나는 뛰었다. 문이 바로 앞에 있었다. 비명이 목덜미 끝에 서늘하게 와 닿았다. 귓가로 내 입술로. 나는 문고리를 잡았다. 벌컥, 문을 밀어 열었다.

어느 날, 지우는 그런 이야기를 했다. 어떤 여자의 마음에 대해서였다. 그녀는 소원이 하나 있었다. 이런 말을 해보는 거였다. 인생을 포기했다거나, 대충 살자고 마음먹는 것. 그런 말을 하며 실제로 그렇게 살아보는 것. 그러나 그녀는 그렇게 할 수 없었다. 왜냐하면 그녀는 아팠기 때문이다. 살갗이 찢어지는 고통을 매 순간 느껴야 했기 때문이다. 힘이 빠진 가운데서도 통증은 느껴졌고, 그러면 자동적으로 그런 생각을 할 수밖에 없었다. 아프지 않고 싶다. 살아 있는 채로. 그녀는 제발 통증을 멈추고 싶었다. 나아 질 수 없다면 방법은 오직 죽는 것뿐이었다. 그러나 죽음은 지나치게 쉬운 선택 같았다. 왜냐하면 여자 는 오랫동안 그런 생각을 해왔기 때문이다. 이렇게 아프게 된 건, 사실 내 탓이 아닐까. 나쁜 선택을 피 하지 못했기 때문에, 스스로를 함부로 대했기 때문 에 결국 내 몸이 망가져버린 건 아닐까. 그리고 그건 결국 내가 현명하지 못하기 때문은 아닐까. 그녀는 단 한 번이라도, 그 고리를 끊어보고 싶었다. 그래서 노력해보기로 했다.

그런데 이상하게도 낫기 위해 노력한다는 건, 더 자주 끝을 생각하게 만들었다. 오히려 죽음을 향해 걸어간다는 생각도 들었다. 어떤 희망과 의지를 붙잡고 앞으로 걸어가고는 있지만 사실 끝에는 무엇도 없고, 달라지는 건 없다는 걸 확인하는 일인지도 모른다는 예감.

이야기를 끝낸 후, 지우는 나를 바라보며 물었다.

"누구 이야기 같아?"

높은 천장 아래 호수가 있었다. 동굴 같았다. 어둡고 축축하고 추웠다. 나는 앞으로 걸어 나갔다. 호수 가운데 작은 분수대가 보였다. 작동이 멈춘 지 오래된 듯 물줄기는 솟아오르지 않았다. 분수대 꼭대기에 간판 같은 것이 걸려 있었는데, 병원 이름 같았다. 한기가 밀려왔다. 목덜미가 떨렸다. 저 앞에 문이 보였다. 이곳을 나가는 문이었다. 나는 뒤를 돌아보았다. 내가 들어온 문은 이미 사라지고 없었다. 돌아가는 길은 없었다.

오직, 호수를 가로질러 가야만 저 문에 도달할 수 있었다. 어쩌지. 그 순간 통증이 또 밀려왔다. 나는 이를 꽉 깨물며 자리에 쭈그리고 앉았다. 통증이 느껴지는 곳을 칼로 도려내고 싶었다. 이미 칼로 저미는 것 같은 느낌이니까 내가 직접 잘라낸다고 해서 문제될 건 없겠지. 나는 손톱으로 내 팔뚝을 그러쥐었다. 그때 나는 지우의 질문에 대답하지 않았다. 대신 다른 이야기를 했다. 매일 새로운 이야기를 만들어내는 여자에 대해. 그 사람은 복수와 음모, 비밀과 거짓말, 실수와 자책을 계속 끌어모으는 중이라고 말이다. 왜냐하면 그렇게 계속 말하다 보면, 언젠가 그건 자신의 이야기가 될 수도 있으니까. 어떤 용기도 낼 수 없을 때, 결정적인 장면을 떠올리며 스스로를 구해낼 수 있을지도 모르니까.

이제, 비명들이 다시 돌아오고 있었다. 소리는 천장과 벽에서 잠깐 울리고 호수의 물결 위에서 진동

했다. 나는 손을 바닥에 댔다. 일어나고 싶었다. 문득, 무언가 다르다는 느낌이 들었다. 사실 소리는 호수 아래에서 들려왔다. 그 진동이 주변을 두드리고 있었던 것이다. 나는 수면으로 얼굴을 가까이 가져갔다. 어떤 얼굴의 형태들이, 그리고 목소리들이 물속에서 빠르게 모였다 흩어졌다. 더 가까이 내려갔다. 그제야 알았다. 이건 울음소리도 비명도 아니었다. 이건 누군가의 '말'이었다. 모두가 한탄이나 느낌이라 생각하고 지나치던 순간에도 쉬지 않고 털어놓던 자신의 이야기. 스스로를 구할 자신의 무엇. 나는 고개를 들었다. 그러나 나는 알고 있었다. 모든 것은 예감에 불과했다. 마음을 먹는다고 해서 무언가 달라지는 건 아니다. 왜냐하면 저 문밖에는 또 다른 문이 있을 것이기 때문이다. 이 다락을 벗어난다 해도 나는 또 다른 다락에 갇힐 것이고, 그곳에서 또 다시 문을 찾아야만 할 것이다. 어쩌면 찾지 못할 수도 있고, 그래서 그 자리를 영원히 맴돌게 될지도 모른다. 아마 거의 그렇게 될 것이다.

그래. 그럴 것이다.

나는 호수에 발을 담갔다. 이곳에 갇혀 있는 것과 통증에 시달리다 스스로를 도려내는 것 중 더 나은 건 없었다.

그러니까, 그냥 계속 찾지 뭐. 문득 어디선가 들어본 이야기 같다는 생각이 들었지만, 찬물이 몸에 닿으며 나는 금세 잊었다. 서서히 몸의 체온이 식었다.

감각이 사라지며 차츰 통증도 사라져갔다. 나는 고개를 물속에 넣었다. 캄캄했다. 아무것도 보이지 않았다. 손끝으로 수면을 더듬었다. 괜찮았다. 나는 어디로 가야 하는지 알고 있었고, 팔을 움직일 수 있었으니까. 나는 앞을 향해 헤엄쳤다. 지금 내가 느끼는 이 차가운 촉감만은 진짜였다. 지우를 만나면 이 이야기를 해줘야겠다. 그렇게 하고 싶다.

*

이 사람들, 외로운 걸까.

감상문을 대신하여

5년 전, 외할머니가 돌아가셨다. 많은 것이 과거가 되었다. 사라져버렸다. 지금 외갓집에 가면 한때 외할머니가 살아 있었다는 사실이 의아하게 느껴질 정도다. 그녀가 쓰던 방은 사촌 동생, 외삼촌 아들의 공부방이 되었다. 그래서 그녀의 물건 대부분이 사라졌다. 체취가 배어 있던 담요, 손때가 묻어 반질반질하던 원목 좌탁, 다이얼이 달린 구형 전화기. 이제 모두 없다. 하지만 외할머니가 내게 해준 그 이야기만큼은 예외다. 그녀의 젊은 날, 어쩌면 인생에서 찰나에 불과했을지 모를 한순간, 그 모습만큼은 내 기억 속에 생생하게 남아 있다.

외할머니는 외할아버지를 은행에서 만났다. 그는

손님이었고, 그녀는 직원이었다. 그녀는 검소했지만 멋쟁이었다. 가끔 한 달 월급에 맞먹는 가격의 가방을 사기도 했다. (그러기 위해서 매일 점심을 굶었다.) 그는 그녀의 그런 면모를 좋아했다. 하고 싶은 걸 해야만 하고, 갖고 싶은 걸 가져야만 하고, 그래서 무언가를 해내는 사람이라고 생각했다. 그녀 역시 그를 좋아했다. 그는 미남이었고, 다정했으며 손재주가 좋았다. 무엇이든 뚝딱뚝딱 고쳤고, 만들어냈다. 그 시절의 연애라고 해서 특별할 것은 없었다. 만나서 밥을 먹고 산책을 하고 차를 마시고, 그러다 결혼을 했다. 이것이 요즘과 조금 다른 점일 수도 있겠다. 그 시절, 그러니까 전쟁 후 7년을 넘긴 시점에서 연애를 한다는 건 곧 결혼을 의미하는 것이었으니까. 물론 고지식한 관점일 수도 있다. 평생 함께 살고 싶을 만큼 서로가 좋았을 수 있으니까. 그런 감정은 시대와 전혀 상관없는 것이니까.

그들은 싸울 때 일본말을 했다. 아이들이 내용을

못 알아듣게 하기 위해서였다. 하지만 아이들은 부모가 왜 싸우는지 알고 있었다. 가난, 책임, 선택, 회피 그리고 그것을 상징하는 자신들. 그들은 부모를 이렇게 파악했다. 아버지는 다정하지만 무능력한 남자다. (손재주를 돈으로 바꾸는 법을 모르는 사람이다.) 어머니는 알뜰하고 생활력이 강하지만 늘 화가 나 있다. (매우, 아주, 많이.) 당연한 말이지만, 이제 그녀가 월급에 맞먹는 가방을 사는 일은 없었다. 하지만 그 사실은 그녀를 화나게 하는 진짜 이유가 아니었다. 일상이 무너졌다는 것이 문제였다. 남편이 한 직장에 오래 다니지 못한다는 것, 그래서 그녀가 벌어오는 적은 돈으로 세 아이를 건사해야 한다는 것. 하루하루가 고비였다. 그 불안 속에서 가족을 지키는 사람이 오직 자신뿐이라는 것. 그 사실이 그녀를 화나게 했다. 그녀는 남편이 자신을 방패로 삼고 있다고 생각했다.

남편은 달랐다. 그는 자신에게 아직 기회가 오지

않았다고 생각했다. 그는 하고 싶은 일을 하면서 살고 싶었다. 그걸 찾지 못했다는 것이 문제였다. 그는 목공, 악기 연주, 글쓰기, 사진 찍기 등에 능했고, 그 재주를 팔아 푼돈을 벌었다. 그중 하나라도 정착해야 옳았지만 그는 계속 방황했다. 잡다한 재능들 중 무엇을 가장 원하는지 몰랐기 때문이다. 그는 시간이 조금 더 필요하다고 생각했다. 아내의 분노는 이해하지 못할 것이 아니었으나, 원망스럽기도 했다. 그는 아내가 월급에 맞먹는 가방을 사는 삶을 살지 못해 화가 났다고 생각했다. 왜 그랬을까. 그들은 언제나 싸웠고, 마음에 맺혀 있는 이야기들을 모두 끄집어내 서로에게 쏟아냈는데, 끝까지 진심을 몰랐다.

그 일은 첫째 딸이 중학교에 올라갈 무렵에 벌어졌다.

느닷없이 유산이 생긴 것이다. 그의 고모가 세상을 떠나면서 돈을 남겼다. 고모는 젊은 시절 남편이 죽은 후 아이도 없이 줄곧 혼자 살았다. 애초 남편에게 받은 돈이 상당했고 워낙 검소했던지라 재산이 꽤 되었다. 그래서 말년에 자신을 돌봐준 그에게 유산을 남겼다.

"집을 삽시다."

그녀가 주장했다. 여기저기 아파트가 들어서던 시절이었다. 그녀는 도시에 들어서고 있는 대규모 아파트 단지에 들어가야 한다고 말했다. 이후 그 아파트의 집값은 계속 올랐으니, 현명한 생각이었다. 집을 샀다면 말이다. 그는 집을 사고 싶지 않다고 했다. 그는 돈의 일부로 전셋집을 구하고, 남은 돈으로 '자신의 일'을 하고자 했다. 하고 싶은 일……. 그는 사업을 벌였고, 1년 만에 처참하게 실패했다. 그렇게 두 사람의 결혼 생활은 사실상 끝이 났다. 둘은 더 이상 일본말로 싸우지 않았다. 거의 대화하지 않았다. 이혼을 하지 않았던 이유는 글쎄, 역시 시대 때문이었을까. 어차피 의미 없는 일이었을 것이다. 4년 뒤 그는 교통사고로 세상을 떠났다.

나는 그로부터 13년 뒤에 태어났다. 나는 그녀와 그의 첫째 딸의 첫째 딸이다. 나는 그에 관한 이야기를 들어본 일이 없다. 무능하고 이기적인 남자. 엄마는 자신의 아버지에 대한 말을 아꼈고, 외할머니도 마찬가지였다. 이모와 삼촌도 그랬다. 가끔 그들의 어린 시절이 어땠는지, 그러니까 일본말이 날카롭게 오가는 분위기에 대해 회상할 때를 제외하면, 외할아버지에 관한 이야기는 결코 화제에 오르지 않았다. 나는 자라면서 그에 대해 물으면 안 된다는 것, 그것이 우리 집의 규칙이라는 걸 깨달았다. 그러나 5년 전, 나는 그 규칙을 깨뜨렸다. 외할머니에게 물었던 것이다.

"외할아버지는 어떤 사람이었어요?"

돌이켜보면 외할머니는 내 질문을 잘 이해하지 못했던 것 같다.

내가 물었던 건, 말 그대로 그가 어떤 사람이었는지에 관한 거였으니까. 그의 성격, 생김새, 분위기.

그가 어떤 방식으로 무책임했는지, 그래서 가족들을 얼마나 힘들게 했는지가 궁금했다. 그러나 외할머니의 대답은 내가 기대한 것과는 전혀 달랐다.

처음 만난 날, 그는 그녀가 퇴근하기를 기다렸다. 그녀는 그가 자신을 기다린다는 걸 알고 있었다. 사실은 그녀 역시 그를 기다리고 있었다. 그가 은행으로 들어오는 순간, 그가 그녀를 보고 그랬듯이, 시선을 뗄 수 없었기 때문이다. 하지만 그녀는 끝까지 모른 척했다. 결국 그가 그녀에게 다가와 차 한잔할 수 없겠냐고 물어오는 순간까지 그랬다. 그녀는 못 이기는 척, 그를 따라나섰다. 그리고 오래된 카페에 앉아 이야기를 시작했다.

"무슨 이야기를 했어요?" 나는 물었다.

"몰라, 기억이 안 나."

그녀는 간단하게 대답했다. 그러더니 덤덤한 목소리로 말했다. 계속 마주 앉아 있었다는 것만 기억한다고. 마주 앉아 이야기를 하고, 또 하고, 또 했다고.

"그런데 말이다."

"응?"

정신을 차려보니 네 시간이 훌쩍 지나가 있었다. 그녀는 화들짝 놀라 자리에서 일어났다. 시간이 그렇게 지나간 줄 몰랐던 것이다. 그녀는 너무 놀랐다. 어쩌면 이렇게 몰랐을까.

그리고 기억나는 사실이 한 가지 더 있다고 말했다.

"뭔데요?"

그녀가 대답했다.

"왜 그랬는지는 모르겠어."

"뭐가요?"

그녀가 대답했다.

"계속 일본어로 대화하고 있었더라고."

외할머니는 먼 곳을 응시하며 작은 목소리로 덧붙였다.

"모르겠어, 정말로. 왜 그랬는지 말이야."

나는 알 것 같았다. 그러나 할머니에게 말하지는

않았다. 그렇게 그녀가 내게 건네준 그 어떤 순간을,
나는 지금도 간직하고 있다.

사과

그해, 이선아는 첫 번째 소설을 썼다. 세간에 알려진 그 작품이 아니다. 이 사실은 K에 의해 알려졌다. 그러니까 이 글의 사실관계는 철저히 K의 기억에 의존하고 있는 셈이다. 그런데 K는 누구인가. 알려졌다시피 이선아는 친구가 많지 않았다. 그녀는 까다롭고, 피곤한 사람이었다. 그러면서도 매우 변덕스러워서 상대를 쉽게 좋아하다가도 제멋대로 싫증을 냈다. 그리고 느닷없이 다시 연락을 했다. 이전에 아무 일도 없었다는 듯 인사를 건네곤 했다. (신경질을 낸 적이 없다는 듯, 험한 말로 상처를 준 적이 없다는 듯, 경멸의 시선을 건넨 적이 없다는 듯, 사람들의 짜증을 불러일으키는 수많은 행동을 한 적이 없다는 듯!)

사람들은 이선아의 그런 성격을 지겨워했고, 때문에 대부분 그녀를 떠났다. K는 말한다. 만일 이선아가 무심한 성격이었다면, 사람들을 잃는 걸 아쉬워하는 성격이 아니었다면 괜찮았을 거라고 말이다.

"그녀는 자신이 처참한 실수를 반복하는 사람이라는 걸 알고 있었어요."

그 내용이 바로 첫 번째 소설 「사과」에 나온다고 말했다. 이쯤 해서 K의 정체와 이름을 말해도 될 것 같다. 그녀는 이선아의 선생님이었다. 정확히 말하면, 이선아가 대학에 들어갔던 해 글쓰기 강의를 했던 소설가였다. 오직 그녀만 「사과」를 읽었다. 어째서?

"이선아는 의욕에 찬 아이였거든요."

그 수업은 소설을 쓰는 강좌가 아니었다. 이제 막 입학한 신입생들, 그러니까 문예창작학과뿐만 아니라 타과생들까지 모두 듣는 기초 글쓰기 수업이었다. 문학 이야기보다는 문장의 주술관계, 문단 사이의 논리적 연결에 대해 더 많이 이야기하는 수업이었다. 물론 문예창작학과 학생들이 대부분이었고, 시나 소설을 쓰고 싶어 하는 학생들이 있었지만, 창작은 그 수업의 목표가 아니었다. 하지만 이선아는 개의치 않았다. 그녀는 학기 첫날, 수업이 끝나자마자 김지우에게 가서 자신의 소설—그녀는 작품을 인쇄해서 가져왔다—을 건네며, 한번 봐주실 수 없냐고 말했다. 김지우는 거절해야 한다고 생각했지만, 그러지 못했다. 우선 전혀 예상치 못한 기습적인 일이었고, 무엇보다 이선아의 태도 때문이었다. 그녀는 김지우가 자신의 작품을 '당연히' 봐줘야 한다는 식으로 굴었던 것이다. 그렇다면 더더욱 거절했어야 맞았다. 그런데 김지우의 눈에 다른 것들이 보였다. 이를테면, 잔뜩 쥐어뜯은 입술이라던가, 칠이 다 벗겨진 매니큐어라던가, 소설을 건네며 '당당하게' 말하는 내내 계속 비벼대고 있던 손바닥이라던가…….

"마음이 약해졌던 것 같아요."

그래서 김지우는 이선아의 소설을 받아 들었다. 일단 작품은 받겠지만, 코멘트를 해줄 수 있을지는 모르겠다고 대답했다. 그리고 실제로 코멘트를 해주지 않았다. 물론 일부러 그랬던 건 아니다. 책임감을 느끼기는 했다. 그러나 그녀는 매우 바빴다. 해야 할 일이 너무 많았다. 수업 시간에 이선아를 볼 때마다 부담감을 느꼈고, 생각했다. 이번 주에는 시간을 내서 저 애 소설을 읽어야지. 길게 이야기는 못 해줘도, 어쨌든 무슨 말이든 해주는 게 좋을 것 같아. 하지만 매번 시간은 나지 않았다. 대신 김지우는 이선아에 대한 몇 가지 기억을 갖게 되었다. 죄책감과 부담감으로 한 학기 내내 지켜본 그 아이의 어떤 모습들에 대해서. 이를테면, 이선아는 친구가 없었다. 음침한 왕따였다는 것이 아니다. 이선아는 적당히 사교성이 있었고, 아이들과 잘 어울렸다. 하지만 어느 순간 보면 이선아는 혼자 있었다. 그리고 자기 이외의 아이들, 서로의 마음을 터놓고 친밀해진 아이들을 물끄러미 쳐다보곤 했다. 뭐랄까, 이선아는 자신이 그들에게 속하지 못한다고 생각하는 것 같았다. 그렇다고 해서 이선아가 아이들에게 먼저 다가갔느냐 하면 그것도 아니었다. 김지우는 회상한다. "그리고 설사 다가간다 해도, 그 애는 언제나 거절당하는 것 같았어요."

아이들이 이선아를 거부했다는 것이 아니다. 이선아가 문제였다. 그녀는 아이들에게 어떤 요구를 하는 것 같았다. 나와 함께 지내려면 이러이러해야 해, 이런 건 지켜줘야지, 이런 모습이었으면 좋겠어, 하는 어떤 것들. 마치…… 평생의 소울메이트를 찾아내겠다는 듯한 그런 간절함이 보였다. 이선아는 친구들을 있는 그대로 대하기보다는, 그러니까 상대의 개성을 인정하고 그 사람의 모습에 익숙해지며 가까워지기보다는, 이미 자신이 원하는 어떤 상을 요구하는 것 같았다. 김지우에게 보였을 정도니, 아이들에게는 어땠겠는가. 누구도 이선아의 환상을 충족시켜줄 생각이 없었을 것이다. 그녀는 아이들이 이선아를 부담스러워한다는 걸 알 수 있었다.

그 학기가 끝나고, 김지우는 이선아를 보지 못했다. 이선아가 등단한 이후에도 마찬가지였다. 왜냐하면 김지우가 소설 쓰는 것을 그만뒀기 때문이다. 애초에 예정된 일이었다. 그녀는 문학을 간절하게 생각하는 작가가 아니었다. 글솜씨가 있었고, 작가가 되고 싶었고, 꿈을 이루었지만, 다른 일에 더 관심이 많았다. 그러니까 친구들을 만나고 가족들과 함께 지내는 일에 행복을 느끼는 사람이었다. 글을 쓰려면 내면을 끄집어내서 어떤 것을 구현해야 했는데, 그녀는 시간이 갈수록 그 일이 힘들다고 생각했다. 그리고 무의미하게 느껴졌다. 나의 표현이라는 것이 얼마나 가치가 있지? 이런 걸 읽고 싶어 하는 사람들이 있을까? 설사 있다 해도, 행복을 부수어가면서까지 할 필요가 있을까. 그런 의문이 시작되자 글을 쓰는 일이 점점 힘들어졌다. 대신 일상은 풍부해졌다. 그녀는 남편과 함께 있는 시간이 소중하다고 생각했고, 유치원에 갔다가 돌아온 아이에게 간식을 먹이는 일이 좋았다. 그리고 그녀는 가르치는 일이 좋았다. 소설이 아니라 말 그대로 글쓰기. 문장을 만들고 이어 붙이는 일. 그녀는 소설 강의 대신, 글쓰기 강의를 더 많이 하기 시작했다. 수업을 들은 아이들의 문장력이 좋아지는 것을 보면 그렇게 뿌듯할 수가 없었다. 그렇게 그녀는 소설 쓰기를 그만두었다. 미련 없이. 동료 작가들에 대해서도, 이선아와 같은 후배 작가들에 대해서도 잊어버렸다.

이선아에 대해 신경을 쓴 건, 그녀가 실종되고 나서다. 아니, 조금 더 정확히 말하자. 김지우는 이선아가 자신에게 건넸던 소설 「사과」를 잃어버렸다고 생각하고 살았다. 그런데 아니었다. 아주 오래된 파일, 그러니까 소설 쓰기를 그만두기는 했지만, 그녀 인생의 소중한 것들을 모아둔 상자 안쪽에 「사과」를 넣어두었던 것이다. 그녀는 이사하던 중에 그 상자를 발견했고 소설을 꺼내 읽었다. 그리고 울었다.

"무슨 이야기였는데요?"

내가 묻자 김지우가 대답했다.

"환상을 포기하는 이야기요."

*

그해, 단 한 명만이 마을을 떠났다.

첫 번째 이야기

지우는 의자에 홀로 앉아 있었다. 선아가 그녀 곁으로 천천히 걸어왔다. 두 사람은 나란히 앉아 운동장을 바라보았다. 아무 말도 하지 않았다. 처음에는 분명 그랬다. 그러나 선아가 자신을 위로할 것 같다고 느낀 그 순간, 그리고 선아가 "속상해?"라고 말하는 순간 지우는 그녀에게 쏘아붙였다.

"네가 죽었으면 좋겠어."

선아가 물었다.

"왜?"

"너는 네게만 자격이 있다고 생각하잖아."

"너는 아니야? 너는 그런 생각을 안 해?"

지우는 부정하지 않았다. 두 사람은 서로를 똑바

로 바라보았다. 그들은 같은 마을에서 태어났고, 19년간 함께 자라다시피 했다. 마을의 다른 아이들처럼 책임감이 강했고, 그릇된 마음을 품지 않았다. 그러니까 태어난 몫을 다하는 것을 삶의 우선으로 삼았다. 그리고 그 삶을 견디기 힘들어했다. 그래서 자신을 이해할 수 없었다. 왜 하필이면 이 마을에서, 그런 마음을 품은 사람으로 태어났는지 말이다. 그 것도 두 사람이 모두. 뭔가를 더 원하고, 그것을 표현하고 싶고, 그와 비슷한 마음을 가진 이들과 어울리고 싶은, 바로 그런 마음을 갖고 태어났는지 말이다. 그래서 두 사람은 서로를 미워했다. 자신을 이해할 수 없었지만, 상대에 대해서는 이해할 수 있었다. 누구보다 이해했다.

오늘, 두 사람 중 한 명은 마을을 떠난다.

"언젠가는 나도 떠날 거야."

남은 사람이 말했다.

"그래야지. 당연히."

떠나는 사람이 대답했다.

"연락 안 할 거지?"

"응."

"영원히 하지 말자."

"응."

선아는 지우의 어깨에 머리를 기댔다. 지우는 선아의 팔에 자신의 팔을 꼈다. 두 사람은 한동안 그렇게 가만히 앉아 있었다.

그녀의 첫 번째 소설은 바로 이 장면에서 시작한다.

마지막 이야기

그해 그녀는 교통사고를 당했다.

운전자의 부주의 때문이었다. 졸린 상태로 운전을
했고, 횡단보도를 건너는 그녀를 들이받았다. 나는
그 모습을 모두 보았다. 뒤에 서 있었기 때문이다.

그녀와 나는 같은 마을에서 자랐다. 같은 유치원
을 다녔다. 같은 학교를 다녔다.

나는 이유를 계속 생각했다. 왜 나는 그녀의 뒤에
서 있었을까. 왜 그녀는 내 앞에 서 있었을까. 그날,
운전자는 왜 굳이 그곳으로 달려왔을까. 이 모든 것
은 왜 일어난 걸까.

누구에게든 일어날 수 있는 일이라는 걸 모르지 않
았다. 그러나 무언가 잘못되었다는 느낌을, 그러니

까 내가 죽었어야 했다는 기분을 떨쳐낼 수 없었다.

그래서 책을 읽었다. 손에 집히는 대로 읽어나갔다. 소설과 에세이, 과학 서적과 인문학 서적, 건강과 요리에 관한 책들도 있었다. 나는 닥치는 대로 읽었다. 나를 사로잡은 그 감각에서 벗어나게 해주는 것이라면 뭐든 좋았다. 그런 문장들이 좋았다. 병이 들어 죽은 소녀. 비 오는 날 밖에 나가서는 안 되었는데, 오래 걸어서는 안 되었는데, 그렇게 무리하면 안 되는 건데, 그러나 그렇게 되었다. '그건 그냥 그 아이의 운명이라고 봐야겠지.' 그런 문장들이 좋았다. '그런 운명을 끊어내는 것이 또 다른 운명이겠지.' 문장과 문장으로 이어진 긴 이야기들이 좋았다. 나는 인물들의 마음에 공감하면서도, 그들이 세상에 존재하지 않는다는 사실에 안도하곤 했다. 그들의 슬픔과 분노가 진짜가 아니었기 때문에, 나는 오히려 마음껏 그들의 이야기에 심취할 수 있었다. 어떤 문장은 내가 쓴 것 같기도 했다. 내 마음을 그대로 적어놓은 것 같았다. 그래서였던 것 같다. 나는 생각했다. 이것이 내 것이라면, 그렇게 느껴진다면, 진짜 내 이야기를 해보고 싶다고.

그렇게 어느 날부터 글을 쓰기 시작했다. 나는 매우 감탄했다. 이렇게 아름다운 이야기를 단숨에 써내다니. 정말 대단해! 내가 매료되었던 것은 '아름다운 이야기'가 아니라 '단숨에 썼다'는 부분이었다. 바로 그 경험. 정말이었다. 나는 그 이야기를 하루 만에 썼다. 머릿속에서 모든 이야기가 술술 흘러나왔다. 어떤 망설임도 없었다. 그 쾌감은 어떤 표현으로도 구현할 수 없다. 물론 소설은 완벽하지 않았다. 사실 형편없었다. 그러나 나는 여전히 그 소설을 아낀다. 뭔가를 완벽하게 이해하고 느끼고 있다는 기분, 내가 뭔가를 만들고 있고 그 순간을 강렬하게 체험하고 있다는 감각으로 써 내려간 것은 그때가 유일하기 때문이다. 즐거웠다. 그래. 그렇게 강렬한 즐거움을 느낀 적은 이전에도 이후에도 없었다. 그래서 나는 생각한다. 어쩌면 그 이후 소설 쓰기를 포기하지 않은 이유는, 그러니까 어둠 속을 엉금엉금 기어가는 기분이 들면서도 계속 글을 쓰는 이유는, 그 느낌을 다시 체험하고 싶어서인 것 같다고. 그런 경험을 딱 한 번만 더 해보고 싶어서인 것 같다고.

돌이켜보면 놀랍다.

그러니까 '단숨에 쓰는 것' 말이다. 내게 엄청난 재능이 있다는 착각을 불러일으켰던 그 체험. 이제는 안다. 그때는 몰랐다. 내가 어떤 이야기를 직조한 것이 아니라, 나도 모르는 새 내면에 쌓여 있던 이야기가 그저 폭발하듯 풀려나왔던 것이라는 사실을. 그리고 그 이야기를 통해 내가 뭔가를 이해했고, 받아들이려 노력했기 때문에 가능했다는 것을. 누군가를 미워하는 마음. 복수를 다짐하는 마음. 나를 이해하고 싶은 마음. 누군가를 그리워하고, 사랑하고, 질투하고, 원하는 마음. 그럼에도 불구하고 함께 있고 싶은 마음. 그때 나는 새로운 이야기를 쓴 것이

아니다. 이미 알고 있는 이야기를 그저 받아 적었을
뿐이다. 평생, 머릿속에 담아왔던 어떤 장면들. 데자
뷰처럼 반복되던 어떤 순간들. 그래서 나는 계속 쓴
다. 내가 죽는 이야기를 끊임없이 쓴다. 나는 이야기
속에서 나를 죽이고, 또 죽여서 다시는 살 수 없게
만든다. 그리고 그 아이를 살려낸다. 운명이 뒤집힌
그 이야기 속에서 글을 쓰는 건 내가 아니라 그녀다.
어딘가에서 벗어나기 위해 애쓰는 소녀. 엄마. 친구.
할머니. 내가 아닌 모든 사람들.

나는 그들을 통해 살아 있다.

아직은 살아 있다.

손

    엄마의 친구는 소설가였다. 그녀는 한남동을 배경으로 단편소설을 한 편 썼는데, 대표작은 아니었다. 어제 그녀가 죽었다. 유방암이었다. 그녀는 지금까지 세 번의 수술을 받았고, 최근에는 항암 치료 없이 주위 사람들과 시간을 보내다 세상을 떠났다. 인터넷 기사에 그렇게 나와 있었다. 그녀가 유방암에 걸린 사실은 나도 알고 있었다. 첫 수술 후, 엄마는 그녀에게 문병을 다녀왔다. 20년 전 일이다. 병원에서 돌아오자마자 거의 1년 만에 엄마의 우울증이 재발했는데, 그녀의 수술 결과가 좋지 않았기 때문이다. 하지만 언제나 그랬듯 엄마는 열심히 병원에 다니고, 어떻게든 의욕을 긁어모아 일상을 안정된 궤도로 돌려놨다. 그사이 그녀도 항암 치료를 성실하게 받았다. 엄마보다 시간이 훨씬 더 걸렸지만, 완치 판정을 받았고 둘은 함께 일본 가고시마 여행을 다녀왔다. 이후 그녀가 수술을 두 번 더 받은 일은 몰랐다. 아마 최근 3년 이내에 재발했을 거라 생각한다. 왜냐하면 그때, 엄마가 돌아가셨으니까. 내게 그녀의 근황을 전해줄 사람이 사라졌던 것이다.

한남동을 배경으로 한 그 소설의 제목은 '손'이다. 「손」에는 시집살이에 시달리는 도시 출신 여자가 나온다. 소설 끝에 그녀는 모든 인연을 끊고 집을 나와 한남동의 작은 방 안에 혼자 틀어박힌다. 언제나 자신이 갈망했던, 혼자만의 공간 속에서 마음껏 지루해한다. 지루해질 때마다, 여자는 자신이 살아 있다는 것을 느낀다. 행복해한다. 나는 그 소설을 여러 번 읽었는데, 어떤 장면과 대사들 때문이었다. 그런 장면이 나온다. 시달림에 지친 여자가 설거지하다 갑자기 방으로 들어간다. 음식 찌꺼기가 묻은 지저

분한 접시를 싱크대에 그대로 내버려둔 채. 그리고 침대에 누워 잠을 자기 시작한다. 시어머니가 아무리 깨우고 심지어 욕을 해도 여자는 일어나지 않는다. 자신의 손을 꽉 맞잡은 채, 깊이 잠들어 있을 뿐이다.

나는 그 장면이 익숙했다. 엄마가 그랬다. 자주 그랬다. 설거지하다가, 청소하다가, 엄마는 방으로 들어가버리곤 했다. 엄마가 방으로 들어가면 그 순간이 다시 왔다는 것을, 엄마가 잠에서 깰 때까지 기다려야 한다는 것을 그냥 언제부터인가 자연스레 알고 있었다. 나는 「손」을 읽을 때마다 엄마를 기억했다. 그러나 그 내용 전부가 엄마의 이야기라고 확신할 수는 없었다. 다른 설정들은 엄마와 거리가 멀었던 것이다.

가부장적인 시골에 처박힌 여자와 달리, 엄마는 평생 소도시에서 살았다. 할머니와의 관계도 나름 좋은 편이었다. 빚에 시달려서 어쩔 수 없이 시골에 내려간 여자와 달리, 엄마는 의대를 졸업하자마자 아빠와 함께 부부 소아과를 개업했다. 부모님은 사이가 좋았다. 문제가 없었다고는 할 수 없지만 우리는 나름대로 화목한 가정이었다. 그러나 나는 「손」을 여러 번 다시 읽었다.

엄마의 병명은 정확히 말하면 산후 우울증이었다.

누군가와 50년간 친구로 지낸다는 건 뭘까. 그건, 어떤 마음으로 서로를 바라보게 할까.

엄마는 다정했다. 똑똑한 사람이기도 했다. 하지만 그녀의 삶에는 어떤 구멍이 있었고, 그것 때문에 평생 고생했다. 엄마는 가족에게 솔직해지라는 정신과 의사의 권유를 듣지 않았다. 엄마는 아빠와 내게 진심을 털어놓은 적이 없다. 오늘 기분이 어떤지, 이런 기분이 들 때는 어떤 마음인지, 괴로운지 슬픈지. 엄마는 모든 걸 혼자 삭였고, 혼자 노력해서 일상으로 돌아왔다. 그러다 방으로 들어갔고, 다시 나왔다. 평생 그걸 반복했다. 본인이 의사였고, 그래서 어떤 방법이 가장 좋은 치료법인지 알면서도 그랬다. 누군가에게 약한 모습을 보이는 것이 엄마에게는 더 힘든 일이었던 모양이다. 나는 엄마를 이렇게 이해했다. 그런데 「손」을 읽고 난 후에는 다른 생각을 했다.

어쩌면 엄마는 나와 아빠에게 하지 않은 말을, 친구에게는 했던 것이 아닐까. 「손」에 서술된 모든 마음은 사실, 엄마의 진심이 아닐까. 결혼은 후회로 가득하고, 아이를 낳고 싶었던 적도 없고, 아이를 사랑한다는 느낌도 들지 않고, 모든 현실에서 벗어나 오직 혼자 살아가는 것만이 진짜 원하는 것이라는, 바로 그 마음.

나를 임신했을 때 엄마는 스물다섯 살이었고, 학생이었다. 결혼 후 엄마는 전문의 시험을 보지 않았다. 아빠와 함께 병원을 꾸려나가다가, 마흔 넘어서는 진료도 그만뒀다. 그러니까 나는 그런 생각을 할 수밖에 없던 것이다. 엄마의 마음에 동그란 구멍을

뚫은 사람은 다름 아닌 내가 아닐까. 사춘기 무렵 어느 날, 견딜 수가 없던 나는 엄마에게 진심을 털어놓으며 항의했다. 엄마는 내게 편지를 썼다. 스무 살 봄, 아빠를 만나던 순간부터 엄마는 항상 나를 원했고, 그 바람이 이루어졌을 때 누구보다 행복했다고. 편지를 건네던 엄마의 손에는 주름이 가득했다. 왜 그런 것 따위가 눈에 띄는지 짜증이 나서 울어버렸다. 엄마의 손에는 왜 그렇게 주름이 가득한지, 분해서 눈물이 났다. 그날은 그랬다. 나는 모르겠다. 정말. 모르겠다. 「손」에는 이런 대목이 나온다. "나는 너무 오랫동안 '그런 적이 없어'라고 말해왔기 때문에, 긴 세월 동안 그 마음이 정말로 내 진심이라고 느끼며 살았다."

그런데 왜 한남동일까? 내가 알기로 그녀는 한남동에 산 적이 없다. 엄마도 한남동에 대해 말한 적이 없다. 다만, 소설에 그런 대목은 나온다. 여자가 가고 싶은 동네를 종이에 하나씩 적어 창밖으로 던진다. 가장 멀리 떨어진 종이를 주워 펼쳐보니 한남동이라고 적혀 있었다.

엄마도 그렇게 종이를 날렸을까. 그래놓고 그냥, 내게 말하지 않았던 걸까.

「손」에는 반전이 없다. 알고 보니 아이만은 사랑했다는 깨달음을 얻거나, 그래도 누군가를 곁에 둬야겠다고 다짐하거나, 우는 장면 같은 건 나오지 않는다. 여자는 혼자 행복하다.

엄마의 친구는 결혼하지 않았다. 장편소설 다섯 권과 소설집 네 권을 냈다. 그리고 최근, 그러니까 세상을 떠나기 직전에 『투병일기』라는 것을 펴냈다. 나는 그녀의 소설은 모두 찾아 읽었지만, 그 책은 아직 읽지 않았다. 이렇게 길게 이야기를 늘어놓은 것은 결국 그 책에 대해 말하고 싶어서다. 어제 그녀가 죽었다는 소식을 들었고, 오늘 나는 광고로 소개된 그 책의 서문을 읽었다. 그녀는 이렇게 썼다.

병에 걸린다는 건, 타인에게 내 행복을 맡겨둔 것과 같다. 살아 있는 순간에 감사하고 모든 것이 소중해지는 순간에도, 통증은 불현듯 찾아온다. 변덕스러운 사랑처럼. 그러면 나는 무너진다. 내 의지가 아니라는 것. 내 선택과 잘못 때문이 아니라, 누군가의 유약한 마음에 내 인생이 달려 있다는 생각에 자존심이 상하고 화가 난다. 왜 하필 나야? 억울하고 분할 때마다 나는 글을 썼다. 내가 작가여서가 아니다. 내 친구에게 배운 방법이다. 친구는 괴로울 때마다 마음을 기록했다. 그리고 아무에게도 보여주지 않았다. 자신만의 마음을 간직했다는 생각 덕분에 견딜 만해진다고 했다. 누구에게 맡겨놓은 마음이 아니니까. 그렇게 평안을 찾고 난 후, 그녀는 자신의 사랑을 향해 돌아가곤 했다. 천천히, 그러나 흔들리지 않는 마음으로.

내가 과연 이 책을 읽게 될지, 잘 모르겠다.

*

　해인 마을은 이제 지도에서 찾을 수 없다. 20년 전만 해도 상상할 수 없는 일이었다. 적어도 마을 사람들에게는 그랬다. 살던 곳이 사라지다니, 그게 가능한 일인가? 그들에게 마을은 일종의 유전이었다. 선조들로부터 물려받은 집과 밭, 산과 나무, 그러니까 터전이라고 부르는 것. 아들이 아들에게 물려주고, 딸이 딸에게 전해 받은 것. 하지만 그 모든 것은 다 사라졌다. 처음은 단 한 명이었다. 그 애가 떠난 후, 뒤이어 많은 아이가 하나둘 마을을 떠났다. 꿈꿀 수 없는 일들은 생각보다 쉽게 벌어진다. 아무렇지 않게 일어난다.

　이것이 이제 새로운 유전이다.

느슨한 연결

　지난 몇 년간, 하나의 세계관을 생각하며 짧은 소설들을 썼다. 그래서인지 오랜 시간에 걸쳐 긴 이야기를 연재하는 기분이 들었다. 하지만 이 이야기들의 배경과 구성은 완벽하게 이어지지는 않는다. 나는 느슨한 연결을 원했다. 인물들이 머무는 공간과 그들의 마음이 아주 조금씩만 겹쳐지기를 바랐다. 다만 진영과 민영, 지우와 선아가 덜 외로웠으면 했다. 하지만 시간이 지나면서 오히려 내가 위로를 받았다는 사실을 고백해야 할 것 같다. 그들의 세계를 연결하면서, 결국 그들과 나의 세계 역시 연결되었기 때문이다. 그러니 마지막 이야기 같은 건 없다.

그래. 분명 그럴 것이다.

2020년 가을
강화길.

다정한 유전

1판 1쇄 인쇄 2020년 10월 5일
1판 1쇄 발행 2020년 10월 14일

지은이 강화길
펴낸이 김영곤
펴낸곳 아르테

문학사업본부 이사 신승철
문학팀 이정미 김지현 | 김필균
디자인 석윤이
영업본부 이사 안형태 본부장 한충희
출판영업팀 김한성 이광호 오서영
마케팅팀 배한진 정유진
제작팀 이영민 권경민

출판등록 2000년 5월 6일 제406-2003-061호
주소 (우 10881) 경기도 파주시 회동길 201(문발동)
대표전화 031-955-2100 팩스 031-955-2151

ISBN 978-89-509-9207-1 04810
    978-89-509-7879-2 (세트)